Ophelia Hansen
Mark Jischinski

Spatzenmuse

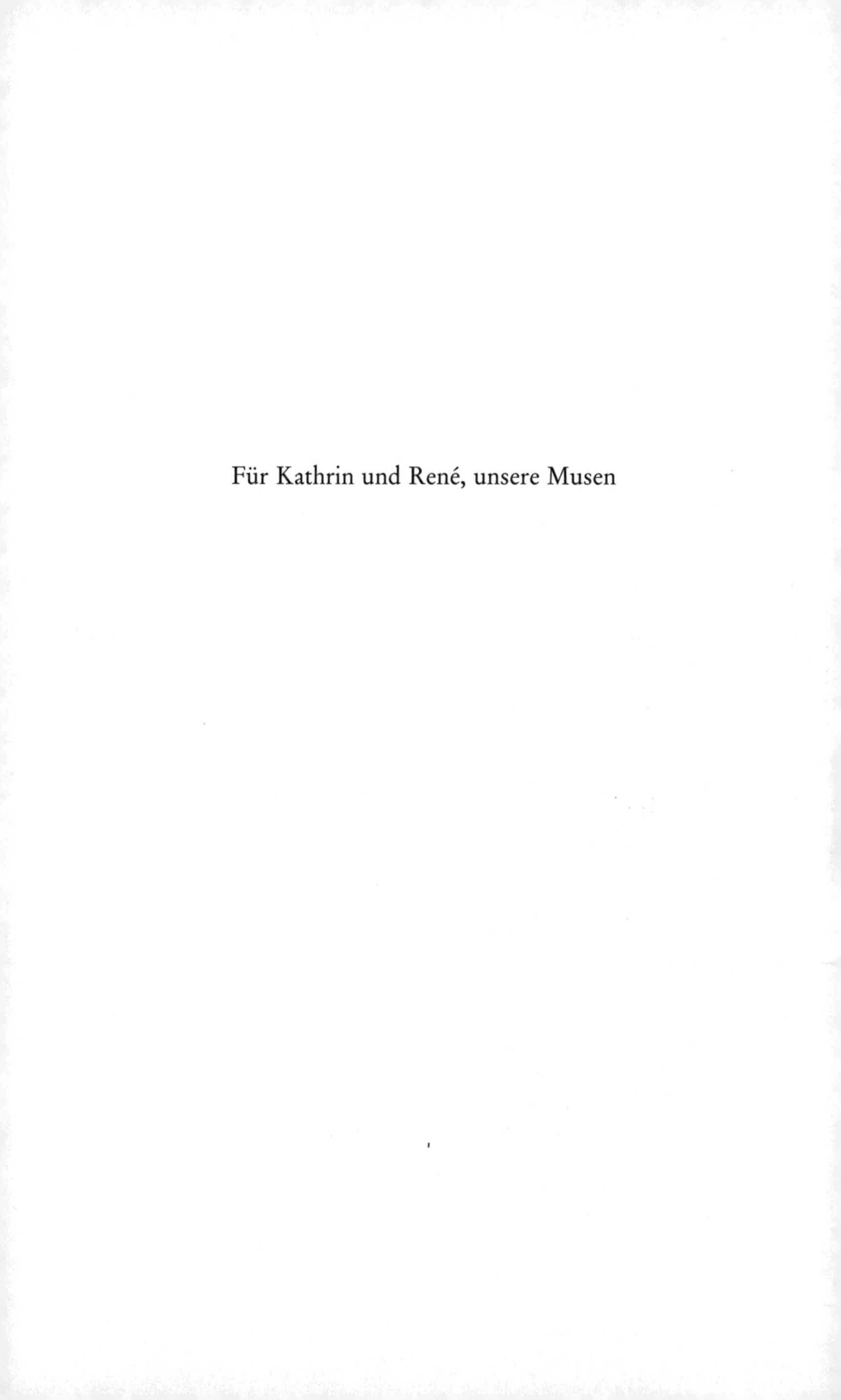

Für Kathrin und René, unsere Musen

adakia Verlag UG (haftungsbeschränkt)

Bibliographische Information der Deutschen Bibliothek:
Die Deutsche Bibliothek verzeichnet diese Publikation
in der Deutschen Nationalbibliographie;
detaillierte Daten sind im Internet über
http://dnb.ddb.de abrufbar.

Gesamtherstellung: adakia Verlag, Gera
Umschlaggestaltung: Julia Keller, Wuppertal
Satz: Miriam Bauer, Greiz
Druck und Einband: Buch- und Kunstdruckerei Kessler, Weimar

1. Auflage, September 2010
ISBN 978-3-941935-01-3

Ophelia Hansen

Mark Jischinski

Spatzenmuse

adakia

von: carlotta-spatz@web.de
26. Januar, 23.42 Uhr
Ach übrigens

Lieber ....,
wobei mir dies keineswegs als die korrekte Anrede erscheint.
Ich liebe Dich schließlich nicht, nein mittlerweile finde ich Dich nicht einmal mehr liebenswert, noch könnte ich behaupten, Du hättest Dich besonders lieblich verhalten.
Werter ...,
finde ich da schon viel besser, allerdings setzt »Werter« ein Sie voraus und ich sieze, obschon ich sonst sehr viel vom Siezen halte, grundsätzlich niemanden, mit dem ich bereits Körperflüssigkeiten ausgetauscht habe.
Ich finde, es sollte sich mal jemand hinsetzen und sich die Mühe machen über Anredeformen nachzudenken. Solche, wo der Angeredete schon beim ersten Wort merkt, worum es ungefähr geht und ob der Schreiber ihm wohl gesonnen ist. Das fände ich jetzt gerade sehr hilfreich oder auch, wenn ich mal wieder ans Finanzamt schreiben muss.
Aber egal. Ich wollte Dir eigentlich etwas ganz anderes sagen. Nämlich: Ich bin sehr froh darüber, dass Du mich nach unserer gemeinsamen Nacht vor zwei Wochen nicht angerufen hast. Ehrlich. So erspare ich mir ein halbes Jahr wertvolle Zeit, in dem ich, hättest Du mich angerufen, versucht hätte mir beispielsweise Deinen scheußlichen Küchentisch, auf dem ich einen Zettel mit meiner Telefonnummer hinterlassen hatte, schön zu reden.
Zudem muss ich mir nicht mal die Mühe machen, Deine Macken liebenswert finden zu wollen, die ich dann nach diesem halben Jahr schließlich doch als das erkannt hätte, was

sie sind, nämlich Macken. So aber kenne ich die meisten Deiner Macken nicht und das bedaure ich kein bisschen. Allerdings muss ich Dir dennoch etwas dazu sagen, denn ich hoffe, dass ich damit wenigstens einer Frau, die irgendwann mal von dir zurück gerufen wird, so einiges ersparen kann. Für den Fall, Du hättest mich angerufen, hätte ich Dir das spätestens nach dem zweiten Mal ohnehin gesagt.

Das, was bei einer Frau idealerweise recht weit oberhalb des Bauchnabels in zweifacher Ausführung festgewachsen ist, nennt man Brüste, nicht Plattenspieler. Deshalb sollte man(n) sie auch so behandeln (als Brüste) und nicht so, als wolle man(n) Musik auflegen, selbst wenn er gerne DJ geworden wäre. Ich denke, dies lässt sich auf die meisten Frauen anwenden und deshalb solltest Du Dir das gut merken. Außerdem sollte das nächste Mal, wenn Du lediglich mit Unterhosen bekleidet auf dem Bett liegst und eine ebenfalls spärlich angezogene Frau vor Dir steht, Sätze, wie: »Jetzt bin ich aber aufgeregt!« unbedingt vermeiden.

Das macht auch aus der härtesten Beule in selbiger Shorts einen jämmerlichen Schlappschwanz und ich denke auch hier kann ich im Namen der meisten meiner Geschlechtsgenossinnen sprechen.

Im Bett bevorzuge ich nun mal einen klassischen Mann, der mir solcherlei Sätze entlockt, während sein eiserner Griff mühelos meine Handgelenke festhält. Dass Du wahrscheinlich gar keinen eisernen Griff kannst, muss ich ja nun glücklicherweise nicht mehr herausfinden.

Hast Du mich eigentlich deshalb nicht angerufen, weil ich leider kein verzückt aufblickendes Mauerblümchen bin und demnach nicht genügend Bewunderung geheuchelt habe, als Du von Deinem Job erzähltest? Sorry, aber ich habe es von

Haus aus nicht so mit dem grundsätzlichen Bewundern. Was ist schon groß Besonderes dran, wenn in einer von Männern dominierten Männerwelt ein Mann eine höhere Position erreicht? Da müsste man sich eher Gedanken machen, wenn er es nicht schafft. Insofern reißt es mich nun mal nicht vom Hocker, dass Du Filialleiter bei Burger-King oder Busfahrplanschreiber bist oder womit auch immer Du Dein Geld verdienst. Aber weißt Du was? Im Grunde will ich gar nicht wissen, warum Du mich nicht angerufen hast. Denn ich weiß es schon. Ich gehöre nicht zu den Frauen, die die Fehler lieber bei sich selbst suchen, als bei anderen. Umgekehrt ist mir das viel lieber.
Du hast mich nicht angerufen, weil Du ein Idiot bist. Und so wünsche ich Dir noch ein schönes idiotisches Leben und dass Du irgendwann die Nummer einer Idiotin bekommst, die Du dann zurück rufen kannst.
Herzliche Grüße
Carlotta Spatz

von: m.tetten@gmx.de
28. Januar, 15.35 Uhr
Re: Ach übrigens
Hallo Frau Spatz,
denn manchmal tut es auch ein »Hallo«.
Ich weiß wirklich nicht, wie Sie auf die Idee kommen, dass ich Sie zurückrufe. Weder habe ich Ihre Telefonnummer, noch habe ich eine Nacht mit Ihnen verbracht, über deren Qualität ich mit Ihnen streiten könnte. Ich weiß nicht einmal, wie Sie aussehen, sodass ich nicht abschätzen kann, ob die entgangene Nacht mit Ihnen nun ein Gewinn oder ein Verlust ist.
Also, liebe und werte Frau Spatz, säubern Sie Ihr Gefieder von den Rückständen eines Herren, der nicht zurückruft, bringen Sie ihrem Hirn (wahrscheinlich nicht ihrem Nachnamen alle Ehre machend) bei, dass es auch Männer gibt, die Sie nicht zurückrufen wollen und fliegen Sie dann wieder in ihr warmes Nest zurück.
Prüfen Sie vorher bitte noch Ihre Mailkontakte und seien Sie in Zukunft etwas wählerischer bei der Wahl Ihrer Sexualpartner. Nehmen Sie sich nicht alles zu sehr zu Herzen und seine Berührungen und ihn nicht zu sehr zur Brust. Womöglich kann er gar nicht lesen? Hinterlassen Sie Ihre Nummer doch beim nächsten Date einem Akademiker!
Vielleicht geht der auch liebevoller mit Ihren Brüsten um.
Hier noch zur Überprüfung: m.tetten@gmx.de Das ist meine Mail-Adresse.
Guten Tag, Max Tettenborn
P.S.: Vielleicht ruft er ja noch an. Geben Sie die Hoffnung nicht auf.

von: carlotta-spatz@web.de
28. Januar, 18.37 Uhr
Ich bitte vielmals um Entschuldigung

Hallo Herr Tettenborn,
in Ermangelung der korrekten Anrede für »Ich-versinke-vor-Scham-im-Erdboden« wähle ich nun diese von Ihnen Empfohlene.
Ich bin sehr froh, dass Emails nicht die Gesichtsfarbe ihres Schreibers reflektieren, sonst bekämen Sie wahrscheinlich gerade fürchterliche Kopfschmerzen von dem grellen Rot. Ich möchte mich in aller Form bei Ihnen entschuldigen, Sie derart belästigt zu haben. Ich weiß nicht, ob es jetzt noch hilft zu meiner Verteidigung hervor zu bringen, dass ich normalerweise meine Abende nicht damit verbringe, fremde Herren zu beschimpfen. Noch dazu über Sachverhalte, die sich in Ihrem Fall meiner Kenntnis entziehen. Sie müssen den denkbar schlechtesten Eindruck von mir haben. Was mir eigentlich egal sein könnte.
Doch leider wurde ich dazu erzogen, stets einen guten Eindruck zu machen und wer kann schon so leicht aus seiner Haut? So gesehen sind meine armen Eltern an allem Schuld. Nein, eigentlich war es der Bardolino, den ich an jenem Abend mit mir selbst getrunken habe. (Sie sehen, meine Strategie die Fehler zuerst bei anderen zu suchen, geht auch hier wieder auf.) Dieser Wein, gepaart mit einer gehörigen Portion Selbstmitleid und einer Fußtemperatur von gefühlten fünfzehn Grad, die mein Nest eher noch mehr auskühlten, denn es anzuwärmen, waren an diesem virtuellen Schrott maßgeblich beteiligt.
Es ist nun einmal zu frustrierend, wenn man sich bei einem eher mittelmäßigen Anwärter ausgiebig Mühe gibt, einen

guten, wenn nicht gar tollen Eindruck zu machen und sich dann herausstellt, dass dieser das nicht nur nicht zu würdigen weiß, sondern gar kein Anwärter sein will. Da fragt man sich also an Abenden wie diesem, ob es sich überhaupt lohnt, einem wirklich tollen Mann diesen Eindruck erst zu vermitteln, wenn nicht mal der Mittelmäßige darauf anspringt. Das wiederum ist dann noch frustrierender und schreit geradezu nach einem Ventil. Wozu der Mittelmäßige dann gerade gut genug ist.

Nämlich, oder besser namentlich Maximilian Tetten. Dessen Mailadresse ich einer herumliegenden Visitenkarte auf besagtem scheußlichen Küchentisch entnommen hatte. Diese zwei Wochen alte Erinnerung aufgeweicht in reichlich Rotwein – hier ist ganz ohne Zweifel aber wirklich der Bardolino schuld – führte mich schließlich irrtümlich in Ihr Postfach. Ob ich darüber erleichtert sein sollte, weiß ich jedoch nicht. Einerseits ja, denn ich habe mich somit wenigstens nicht vor meinem Einweglover ins Bodenlose blamiert. Andererseits rede ich mich hier gerade vor einem völlig Fremden um Kopf und Kragen und ich weiß wahrlich nicht, ob es das besser macht. Schlechter als der erste Eindruck kann es allerdings ja nicht mehr werden. In gewisser Weise sind Sie ja nicht ganz unschuldig an dieser Verwechslung, Herr Tettenborn!

Warum unterschlagen Sie auch einfach Teile Ihres Nachnamens? Fürchten Sie etwa die Assoziation zu Senf und Ketchup? Ich finde, Sie sollten dazu stehen! Und wenn Ihnen das jemand sagt, der Spatz heißt, können Sie das getrost glauben. Ihren leicht belustigten Tenor kann ich Ihnen kaum verübeln, Sie sind sogar erstaunlich freundlich gewesen, wenn man bedenkt, was ich Ihnen alles an den Kopf ge-

worfen habe, selbst wenn es nicht für Ihren Kopf bestimmt war. Was ich aber absolut nicht verstehe ist, dass Sie sich doch tatsächlich fragen wie ich aussehe, um dann erst entscheiden zu können ob Sie nun die verlorene Nacht mit mir eher bedauern oder bejubeln sollten. Wo ich doch schon im Vorfeld jeglichen guten Eindruck, den ich eventuell durch mein Äußeres auf Sie machen könnte, mit meinem Geschriebenen zerstört habe. Auf diese Frage erwarte ich allerdings keine Antwort, denn ich fürchte, dass sie meinen Glauben an die Liebe nicht unbedingt fördern würde.
Was die Akademiker betrifft, so muss ich sagen, dass ich Männer im Besonderen und Menschen im Allgemeinen nicht nach ihrem Bildungsgrad bewerte. Im Gegenteil, ich finde Leute schrecklich, die sich ausschließlich über ihren Beruf definieren. Die, die Kant gelesen haben und sich anschließend so vorkommen, als hätten sie ihn selbst geschrieben, oder BMW-Verkäufer, die glauben, sie hätten auch mindestens acht Zylinder. Da beeindruckt mich die zweifache Single-Mama, die acht Stunden bei Kaufland an der Kasse sitzt, aber wesentlich mehr als eben beispielsweise der alleinstehende Burger-King-Filialleiter. Dies war mir noch wichtig zu erwähnen.
Nun gut, Herr Tettenborn, während ich nun weiterhin mittels Eigenmarketing nach dem Richtigen fahnde, wünsche ich Ihnen noch ein angenehmes, nicht idiotisches Leben. Sicherlich wird diese Geschichte auf Ihrer nächsten Party die Pointe sein, die sich Ihre Freunde noch Wochen später erzählen werden. Vielleicht erzähle ich sie auch selber irgendwann mal. Wenn ich soweit bin, darüber lachen zu können.
Mit freundlichen Grüßen,
Carlotta Spatz

von: m.tetten@gmx.de
30. Januar, 17.03 Uhr
Re: Ich bitte vielmals um Entschuldigung
Hallo Frau Spatz,
vielen Dank für die Klarstellung. Ich habe lange überlegt, ob ich Ihnen noch einmal schreiben sollte. Zum einen machen mich verschiedene Fragen neugierig. Warum nimmt sich Frau Spatz soviel Zeit, um sich zu erklären? Hat sie womöglich niemand anderen? Liegt es daran, dass sie entweder wegen ihrer wirren Gedanken oder aber wegen ihres noch wirreren Äußeren gemieden wird? War es eigentlich schon ein Erfolg, eine, wenn auch schlechte, Nacht mit einem Kerl zu verbringen? Werde ich ihr neuer Therapeut?
Zum anderen bin ich eigentlich nicht der große Schreiber. Ein Therapeut schon gar nicht. Der große Redner auch nicht. Im Schweigen bin ich wirklich gut. Was für eine Kommunikation per Email nicht unbedingt eine gute Voraussetzung ist.
Sie schreiben sich einiges von der Seele, obwohl Sie mich kaum kennen. Dabei hätte ich mich mit einer kurzen Klarstellung zufrieden gegeben. Sehen Sie, und schon habe ich mein Dilemma. Statt mir zu sagen, dass Sie – mit Verlaub – einfach einen ganz normalen weiblichen Sprung in der Schüssel haben und Ihre Partner besser auswählen sollten, mache ich mir Gedanken über Ihre Situation.
Sie sollten auf jeden Fall das Getränk wechseln. Frauen neigen ja dazu, dem Genuss des Weines etwas abzugewinnen und vielleicht liegt das daran, dass sie das »in vino veritas« tatsächlich glauben, obwohl es wohl nur ein absatzfördernder Marketingspruch aus der Antike ist.
Steigen Sie um! Trinken Sie mehr Hochprozentiges, denn

das hat klare Vorteile. Zum einen sieht die Welt hinter einem stärkeren Nebel deutlich schöner aus und zum anderen werden Ihre Füße garantiert schneller warm. Fangen Sie mit Weinbrand an und arbeiten Sie sich zu Whiskey vor. Vertrauen Sie mir, mit Wein kommen Sie kein Stück weiter.
Eine weitere Frage, die mich beschäftigt, ist aber, ob Sie öfter Ihre Telefonnummer bei Typen hinterlassen, mit denen Sie eine Nacht verbracht haben. Nach Ihren Worten war es nun wirklich nicht der Reißer und trotzdem zeigen Sie mit der Veröffentlichung Ihrer Telefonnummer, dass Sie ihn noch einmal, wenn nicht sehen, dann doch zumindest hören wollten. Warum tun Sie das, wenn er eine Niete war? Oder wollten Sie nur sicherstellen, dass Sie ihm mitteilen können, dass er mies war?
Ich werde Ihre Geschichte natürlich nicht bei einer meiner nächsten Partys meinen Freunden zum Besten geben. Zum einen werde ich ganz sicher keine Party ausrichten, zumindest nicht in der nächsten Zeit. Mir ist wahrlich nicht nach feiern. Um Ihrem weiblichen Helfersyndrom gleich vorzubeugen: Es geht mir nicht schlecht. Es geht mir ganz normal gut mit Höhen und Tiefen. Aber eben nicht mit ausreichend Anlass für das Ausrichten einer Party. Und was die Freunde betrifft: Im Leben hat man von dieser Spezies nicht unbedingt wirklich viele. Und die zwei oder drei, die ich noch dazu zähle und bei denen dies auch auf Gegenseitigkeit beruht, habe ich schon lange nicht gesehen und ich werde sie noch ein paar Tage nicht sehen. Mir ist auch nicht danach. Ich bin derzeit einfach nicht der gesellige Typ. Nicht, dass ich nicht unter Menschen komme und mich ihrer Gesellschaft aussetze. Aber ich bin die meiste Zeit des Tages allein und genieße das inzwischen auch. Am Anfang glaubte ich

wie der große Rest, dass es wichtig ist, Menschen um sich herum zu haben, eine Familie und Freunde. Aber, werte Frau Spatz, Sie können mir glauben, wirklich glücklich wird man nur allein.
Ich möchte Sie mit meiner Überzeugung nicht davon abbringen, weiterhin nach dem Mann fürs Leben zu fahnden, wie viel Wein Sie dafür auch immer trinken müssen und trotzdem nicht zur Alkoholikern werden. Suchen Sie weiter! Möglicherweise wird da draußen einer für Sie reserviert sein. Der mit Ihnen Wein trinkt, Ihre Füße wärmt, der zwei Zylinder und einen Kolben in der Hose und ein Universum voller Klugheit in seinem Kopf hat. Vielleicht ist er trotzdem Akademiker, kann aber einen Nagel in die Wand schlagen. Und er hört Ihnen auch nachts um vier zu, wenn Sie mal wieder ein Problem haben. Oder einfach nur Durst.
Aber, liebe Frau Spatz, glauben Sie mir, das wird schwer.
Trotzdem grüßt Sie ganz herzlich
der verkürzte Senf,
Max Tettenb…

von: carlotta-spatz@web.de
30. Januar, 21.13 Uhr
Die Antwort auf Ihre Fragen zu nicht-therapeutischen Zwecken

Lieber Herr verkürzter Senf,
dafür, dass Sie angeblich nicht der große Schreiber sind, haben Sie aber ganz schön viel geschrieben!
Was ich überrascht und auch erfreut gelesen habe, denn ich hatte nun wirklich nicht damit gerechnet, noch einmal von Ihnen zu hören. Da Sie nach eigenen Angaben keiner Gesellschaft bedürfen, um sich wohl zu fühlen, frage ich mich, warum Sie nun ausgerechnet die meine mit Ihren Fragen erwählen. Habe ich doch offenkundig einen Sprung in der Schüssel. Ich nehme Ihnen das keineswegs übel. Die Kommode neben meiner Eingangstür ziert ein Vogelhäuschen, welches mir zur Verwahrung meiner diversen Vögel geschenkt wurde. Und damit waren weder mein Nachname noch Wellensittiche gemeint, denn ich habe keine Haustiere. Für kurze, präzise Klarstellungen bin ich leider die Falsche. Selbst wenn ich es versuche, rede ich mich um Kopf und Kragen, rechtfertige mich auch da, wo es gar nicht nötig ist, wie Sie selbst gemerkt haben. Und es wundert mich gar sehr, dass genau das offenbar so etwas wie einen Beschützerinstinkt in Ihnen geweckt hat, wo Sie doch gar nicht mein Therapeut sein wollen. Einen solchen brauche ich auch gar nicht.
Im Grunde bin ich mit mir recht zufrieden, finde es nur zuweilen schade, okay... an manchen Tagen auch zum Verzweifeln, dass ich bisher die Einzige bin, die mit mir zusammen sein möchte (in Bezug auf eine Partnerschaft meine ich). Aber was bleibt einem auch anderes übrig? Man muss

sich nun mal selbst ein Leben lang ertragen und da tut man gut daran, sich mit sich selber anzufreunden.
Um nun Ihre erste Frage zu beantworten: ich nahm mir die Zeit also nicht bewusst, ich bin einfach so. Außerdem war ich der Ansicht, dass Ihre sympathische Mail mehr als ein »Sorry, falsch verbunden« verdiente. Tatsächlich beschränken sich meine Kontakte derzeit fast ausschließlich auf mein E-Mail-Postfach, was jedoch nicht daran liegt, dass ich keine Freunde hätte, sondern vielmehr daran, dass sie zu weit weg sind, um sich mit mir beispielsweise eine Flasche Wein zu teilen oder mich tätlich davon abzuhalten, des Nachts unqualifizierte Nachrichten zu versenden. Ich glaube nicht, dass meine wirren Gedanken, wie Sie sie nennen, mich meidenswert machen.
Meine beste Freundin sagt, sie wären eine Bereicherung. Und ich bin geneigt ihr zu glauben, schließlich hört sie sich diese schon seit langer Zeit in ungekürzter Fassung an. Das hat unter anderem den Vorteil, dass, sollte ich je an einer Amnesie leiden, sie einfach nur ein Back-Up aufspielen müsste.
Übel nehme ich Ihnen einzig, dass Sie auch nur vermuten mein Äußeres könnte wirr sein. Selbst wenn dem von Natur aus so wäre, was es nicht ist, ist Unattraktivität heutzutage nun wirklich nichts, womit man sich abfinden müsste.
Tut man es doch, so ist das weder Pech noch die so gern groß geschriebenen inneren Werte, die schließlich zählen, sondern in meinen Augen schlicht und ergreifend Faulheit. Es wäre doch eine Schande, wenn man sie nicht nutzen würde, die schier unendlichen Möglichkeiten, die sich einem als Frau bieten, sich jeden Tag neu zu erfinden. Aber ich will Sie nicht mit Mädchenkram langweilen.

Maximilian Tetten war also auf ganzer Linie kein Erfolg. Weder qualitativ noch quantitativ. Warum ich dennoch meine Telefonnummer hinterlassen habe? Interessante Frage, die ich mir das nächste Mal garantiert stellen werde, bevor es zu spät ist. Im Grunde ist ja jeder neue Körper, dem man zum ersten Mal näher kommt, aufregend. Manch einer bloß, weil er neu ist, ein anderer weil er zudem auch kompatibel ist, bestenfalls in Körper- und Hirnfunktionen. Bei Herrn Tetten war es nur das erste. Nur hier unterliegt mein Gehirn einer kolossalen Fehlfunktion. Es bildet sich postkoital die erste Zeit, wobei die Spanne hier von Sekunden bis Wochen hinreicht, gerne mal ein, es könnte sich zumindest vorstellen, sich zu verlieben.

Und so passiert es also, dass ich meine Nummer auf den falschen Tischen liegen lasse, bevor ich in die Nacht entschwinde, weil ich ja zu meiner Telefonnummer auch noch den Eindruck der Emanzipation vermitteln möchte. Schließlich weiß heutzutage schon jede Zwölfjährige, dass das absolut unerlässlich ist, denn das typische Versorgermännchen ist in unserer Spezies längst ausgestorben und hat gefälligst in Frieden zu Ruhen.

Was meine Beziehung zum Wein angeht, so haben Sie diese gründlich missverstanden. Im Grunde verstehen wir uns nicht besonders gut, der Rote und ich. Der Weiße übrigens auch.

Das liegt daran, dass ich ihn eigentlich nicht vertrage. Das gleiche gilt für Bier. Oder für alle alkoholischen Getränke, von denen man mindestens 0,2 Liter auf einmal ins Glas füllt, Cocktails ausgenommen.

Für gewöhnlich halte ich mich lieber an Martini, von dem ich so zwei Gläser trinken kann, ohne dass es mir übel wird.

Bisher habe ich eher selten auf dem Grund meines Glases nach Wahrheiten gesucht und auf Werbungen springe ich lediglich an, wenn um Mitternacht weiße Schokolade im Fernsehen gezeigt wird, an die ich zu diesem Zeitpunkt unmöglich heran kommen kann. Schon allein deswegen, weil dann keiner da ist, den ich mittels Augenaufschlag zur Tankstelle schicken könnte.
Faszinierend finde ich, dass Sie, scheinbar allein stehend, so gar nicht auf der Suche nach irgendetwas wirken. Vielmehr so, als seien Sie mit dem, was sie gefunden haben, ganz zufrieden. Wie macht man das?
Ich suche eigentlich ständig. Wenn nicht gerade den Mann fürs Leben, dann vielleicht ein Paar passende Schuhe oder zumindest meinen Autoschlüssel.
Obschon Sie nun auch einiges von sich preis gegeben haben und das wahrscheinlich ganz bewusst, im Gegensatz zu mir, kann ich mir kein rechtes Bild von Ihnen machen. Was macht Herrn Tettenborn aus und wie lebt er?
Ist dieses Nicht-auf-der-Suche-sein ein Hinweis auf ein gesetzteres Alter? Leben Sie allein, weil Sie es eben so für sich entschieden haben oder hat daran eine Unterhalt fordernde Exfrau ihre Aktien? Womit verbringt er seine Tage, wenn er zumeist dabei allein mit sich ist? Ist er vielleicht ein Ornithologe, der viele Stunden am Tage auf Hochsitzen verbringt und sein Interesse an der Situation von Frau Spatz liegt berufsbedingt in ihrem Nachnamen begründet? Sind die wenigen, aber wertvollen Freunde des Herrn Tettenborn auch Ornithologen?
So, Sie eigentlich nicht großer Redner und schon gar nicht Schreiber, hiermit lasse ich Sie mit Ihrem Schweigen für heute allein. Wenn Sie dieses einmal wieder zu brechen wün-

schen, dann können Sie mir ja meine Fragen beantworten.
Herzlichst,
Carlotta Spatz, bisweilen auf dem Dach

von: m.tetten@gmx.de
4. Februar, 13.07 Uhr
Re: Die Antwort auf Ihre Fragen zu nicht-therapeutischen Zwecken

Hallo Frau Spatz,
ich habe lange mit mir gerungen, ob ich Ihnen noch einmal schreiben sollte. Schließlich bin ich eigentlich nicht der Adressat Ihrer Ursprungsmail und es interessiert mich nicht im Geringsten, mit wem sie wann und wie oft schlafen oder wem Sie wo Ihre Telefonnummer hinterlassen. Es ist doch Ihr Leben und nicht meins. Und ob Sie zurückgerufen werden oder nicht, erregt bei mir auch kein Mitleid. Ich frage mich aber das Eine: Wenn Sie genauso lang und breit reden, wie Sie schreiben, wäre es dann nicht möglich, dass der arme Kerl einfach nicht zurück ruft, weil er ahnt, dass ihm eine Quasselstrippe ins Haus steht, wenn er mehr als einmal mit Ihnen kopuliert hat? Könnte es nicht blanker Selbstschutz sein? Doch, liebe Frau Spatz, ich möchte mich hier nicht zum Adler aufspielen, der von oben auf Sie herabblickt. Also missverstehen Sie mich bitte nicht.
Mit Ihren wirren Gedanken haben Sie mich in der Tat ein wenig neugierig werden lassen. Ich gehe einmal davon aus, dass Sie nicht eines dieser jungen Dinger sind, die seit der letzten Mail pausenlos in ihr Postfach geschaut haben. Nein, Sie wissen trotz aller Dynamik in Ihrem Leben, was Sie tun und haben das nicht nötig. Ich übrigens auch nicht, was Sie an der etwas langen Wartezeit bemerkt haben könnten. Es

ist allerdings nicht meine Sturheit, nicht antworten zu wollen. Rein praktische Gründe sind es, weil ich in meiner Wohnung kein Internet habe und in der Folge immer zusehen muss, dass ich einmal an einem Rechner sitzen kann. Sehen Sie, jetzt schwadroniere ich schon genauso wie Sie! (Erlauben Sie mir diese kleine Spitze!) Eigentlich wollte ich so freundlich sein und Ihnen auf Ihre Fragen antworten. Wenn schon die Kerle, die Ihnen körperlich ganz nah, wenn nicht sogar in Ihnen waren, nicht zurück rufen, dann will ich wenigstens zurück mailen. Auch wenn wir uns dabei »nur« gedanklich nahe kommen.

Sie fragten mich, ob ich vielleicht ein Ornithologe sei. Dieser Tipp brachte mich zunächst auf die Idee, mit Ihnen ein lustiges Rumpelstilzchen-Spiel zu spielen, bis Sie erraten, was ich so tue. Schließlich lagen Sie mit Ihrer gewagten Prognose hoffnungslos weit daneben und außerdem haben Sie nicht mal ein Kind, das ich Ihnen nehmen könnte. Abgesehen davon, dass ich es auch nicht haben wollte.

Max Tettenborn ruht wirklich in sich. Ich habe einen sehr geregelten Tagesablauf und gehe einer, wenn man so will, ehrlichen Arbeit nach. In einer kleinen Werkstatt stelle ich Kinderspielzeug her. Aber bevor nun Ihr kleines Frauenherzchen vor Freude auf und nieder hüpft und sich Ihre Ovarien gierig nach Spermatozoen recken, möchte ich Ihnen sagen, dass ich Kinder nicht gleich hasse, aber eben auch nicht liebe. Sie sind mir egal. Das Kinderspielzeug mag ich.

Wenn ich aus der Werkstatt zurück komme, gehe ich in meine Wohnung, lese viel und lege mich dann schlafen. Jetzt, wo ich darüber nachdenke, fällt mir auf, dass es jeden Tag so ist. Aber es ist toll, glauben Sie mir! Und obwohl ich nicht auf der Suche nach Irgendetwas bin, habe ich doch kein ge-

setztes Alter, wie Sie es mutmaßten. Aber womöglich hat das nur mit dem Ornithologen zu tun, für den Sie mich hielten. Ich finde es süß, dass Sie den Zusammenhang zu sich über meine Profession herstellen wollten, Frau Spatz. Da fällt mir ein: Sind Sie eigentlich klein? Sie hören sich unfreiwillig so an. Sonst hießen Sie ja Kondor.
Leider muss ich Sie nun wieder auf das nächste Mal vertrösten, denn ein junger Herr steht bereits hinter mir und fordert sein Recht auf die große weite Welt der virtuellen Illusion. Gönnen Sie sie ihm. Vielleicht ist es ja jemand, dem eine Verflossene eine E-Mail-Adresse auf den Tisch gelegt hat. Wir sollten zulassen, dass er sich schnell meldet.
Seien Sie mir herzlich gegrüßt,
Max

von: m.tetten@gmx.de
6. Februar, 17.31
Re: Die Antwort auf Ihre Fragen zu nicht-therapeutischen Zwecken

Sehen Sie, Frau Spatz, nun ist es passiert. Ohne dass ich es geplant hätte, kam ich früher als erwartet in den Genuss, einen Rechner zu nutzen und meine Mails abzufragen. Ich habe mich auf dem Weg zum PC tatsächlich dabei erwischt, an Sie zu denken! Vielleicht gar nicht so sehr an Sie, als vielmehr an eine Meldung von Ihnen. Es war keine da. Sie haben mir nicht geschrieben. Für einen Moment kam ich mir vor wie Sie. Wissen Sie noch? Als Sie auf den Rückruf des Kerls warteten, dem wir unseren Schriftverkehr verdanken. Ich habe auch daran gedacht, ob es möglich wäre, dass Sie nun endlich jemanden getroffen haben, der Sie zurückgerufen hat. Dann wäre unsere virtuelle Unterhaltung sicher beendet, nicht wahr? Schließlich wähne ich Sie in der Folge in einer rosaroten Wolke, die von Ihrem Freund auf zarten Händen balanciert und immer ins Sonnenlicht gereckt wird. Sollte dem so sein, würde ich trotzdem ab und an nach Ihnen schauen, wenn es Ihnen recht ist. Gern können Sie mir weiter mailen.

Wenn ich mir meine Zeilen noch einmal anschaue, frage ich mich, ob ich mich dieses Mal um Kopf und Kragen rede. Ich gestehe es Ihnen und gehen Sie mit dieser Information bitte maßvoll um: Manchmal ist mein geregeltes Leben doch ganz schön langweilig. Und in Momenten wie diesem fühle ich mich einsam. Und dann freue ich mich, dass sich ein Spatz vor meine Fensterscheibe setzt.

Seien Sie mir herzlich gegrüßt,
Max

von: carlotta-spatz@web.de
8. Februar, 11.08 Uhr
Der Spatz vor Ihrer Fensterscheibe

Lieber Max,
da passiert es, dass ich, ganz untypisch für mich, ein paar Tage meine Mails nicht abrufe und dann erwarten mich gleich zwei Nachrichten von Ihnen. In Bezug auf die erste hätte ich beinahe ein »Werter« verwendet, aber nun habe ich eher den Eindruck, der Herr Geregelt-Tettenborn hat die schwadronierende Quasselstrippe ein wenig vermisst. Irgendwie freut mich das!
Und es macht es mir leichter, mir eine Frage zu beantworten, die ich mir seit meiner zweiten Mail an Sie stelle. Ich mag Ihre Art zu schreiben. Ich glaube, ich mag Sie.
Sie haben eine äußerst charmante Art mich auf die Palme zu bringen und dennoch kann ich Ihnen schwerlich böse sein, denn Sie treffen recht oft ins Schwarze.
Zum Beispiel bin ich tatsächlich nicht gerade groß, aber hierbei bevorzuge ich den Ausdruck »zierlich«.
Übrigens hat mich keiner auf eine rosarote Wolke katapultiert. Vielmehr ein Besuch mit Kollegen beim Griechen vor der Toilettenschüssel auf die Knie gezwungen. Die unerquicklichen Details erspare ich Ihnen, heute geht es mir wieder gut. Warum glauben Sie aber, ich würde Ihnen nicht mehr schreiben, wenn ich einen Mann kennen lernen würde? Halten Sie mich für so flatterhaft?
Ich bin keine von denen, die wegen eines Mannes alles andere um sich herum vergisst! Was Ihren Beruf betrifft, so sein Sie bitte völlig unbesorgt und wiegen Ihre Spermien weiterhin in Sicherheit. Ich beabsichtige derzeit nicht schwanger zu werden.

Woher wollen Sie eigentlich wissen, dass ich keine Kinder habe?
Zwar sind es keine eigenen, aber dennoch momentan 23, die ich den ganzen Vormittag um mich habe. Ich bin nämlich Grundschullehrerin, was voraussetzt, dass ich Kinder, im Gegensatz zu Ihnen, recht gerne mag. Sie sollten, wie ich finde, etwas vorsichtiger sein mit solchen Äußerungen. Denken Sie nur mal an Peter Lustig! Dessen Tage als Löwenzahn waren gezählt, nachdem er verlauten ließ, er könne Kinder nicht leiden! Ich werde es aber für mich behalten.
Ihre zweite Mail relativiert glücklicherweise eine Aussage Ihrer ersten. Offenbar schreiben Sie mir nicht, weil Sie denken, Sie vollbringen eine gute Tat, wenn Sie einem scheinbar einsamen Weibchen eine Form von Nähe suggerieren. Das hätte mir nämlich ganz und gar nicht behagt. Sie schreiben nun, weil Sie schreiben wollen. Das ist schön und gefällt mir wesentlich besser.
Warum haben Sie eigentlich keinen PC? Ich finde, Sie sollten sich einen zulegen! Nicht meinetwegen, sondern weil es in vielerlei Hinsicht sehr praktisch ist.
So, mein lieber Max, meine Klasse kommt gleich vom Sportunterricht zurück und fordert meine Aufmerksamkeit.
Herzliche Grüße
Der Spatz vor Ihrer Fensterscheibe

von: carlotta-spatz@web.de
10. Februar, 18.08 Uhr
Keiner hinterm Fenster
Wo stecken Sie, Max?
Ist lediglich kein PC in der Nähe?
Oder haben Sie sich mit Ihrer letzten Mail an mich ein wenig selbst erschreckt?
Ich fliege an Ihrer Fensterscheibe vorbei, aber ich kann Sie nicht sehen!
Also hinterlasse ich Ihnen wenigstens einen lieben Gruß.
Carlotta

von: m.tetten@gmx.de
12. Februar, 10.23 Uhr
Re: Keiner hinterm Fenster
Liebe Frau Spatz,
Sie sind also ein zierliches Vöglein, das keine Eier legen möchte und ganz und gar nicht flatterhaft ist, aber trotzdem an meiner Fensterscheibe vorbeifliegt. Das ist verwunderlich. Ich wollte Sie nur etwas necken, Frau Spatz. Sie sollten vielleicht einmal eine Heirat in Erwägung ziehen. Mit einem Herrn Hirn zum Beispiel. Das bringt Potential für Freunde von Doppelnamen.
Aber, nun genug gescherzt. Als erstes ist es wohl an mir, mich für die wieder viel zu lange Zeit des Wartens zu entschuldigen. Es lag daran, dass ich nicht zum PC kam. Sie haben es schon erraten. Und sie werden es kaum glauben, aber ich erwäge in der Tat, mir einen mobilen PC, sprich ein Laptop zu kaufen, damit ich schneller mit Ihnen kommunizieren kann! Was sagen Sie nun?! Kaum dass Sie eine nicht sehr erbauliche Nacht mit einem Herrn Tetten hinter sich haben,

der nicht einmal in der Lage war, Ihre Titten richtig zu behandeln, erfreut sich die Hardwarebranche über einen Umsatzzuwachs. Das haben wohl selbst die Marketingstrategen von Dell, Apple und IBM nicht auf der Platte.
Dabei weiß ich manchmal gar nicht, was ich Ihnen schreiben soll, denn wie ich schon mitgeteilt habe, ist mein Tagwerk nicht sonderlich aufregend. Aber als anständiger Mann finde ich es nicht gut, wenn ich Sie immer wieder so lang auf meine Antworten warten lasse. Und nicht ganz uneigennützig muss ich zugeben, dass ich mich über Ihre Nachrichten freue und sie mir als Abwechslung herzlich willkommen sind.
Stellen Sie sich einmal vor, wir lebten noch im Mittelalter und müssten auf Briefe zurückgreifen! Auf eine Postkutsche zudem und dann wären unsere Mitteilungen Wochen oder Monate unterwegs. Obwohl!? Wochen? Das käme ganz darauf an, wo Sie wohnen, Frau Spatz. Haben Sie eigentlich ein Nest in der Nähe? Womöglich kann ich Ihre Küche von meinem Fenster aus sehen? Oder ich hätte Sie sehen können, als Sie mit Herrn Tetten... Kurz und gut: Wo wohnen Sie?
Die Idee mit der Postkutsche lässt mich noch nicht ganz los. Ich frage mich, wie wir dann miteinander in Briefkontakt getreten wären. Ihrem miesen Liebhaber hätten Sie eine Depesche liegenlassen und gleichsam hätten Sie sich die Adresse aufmerksam eingeprägt: Lord Tetten, Altes Schloss beim Müller Lustig um die Ecke, unweit von Born, dem alten Senfsaatmahler. Und in Ihrer Verwirrung ob der vermeintlichen Ereignisse einer ereignislosen und höhepunktarmen Nacht hätten Sie daraus gemacht: Hah, dem Tettenborn schreibe ich ein lustiges Briefchen, dass er seinen Senf beim nächsten Mal der Müllerin einverleiben kann, aber nicht

mir! Jetzt, wo ich gerade in Fahrt komme, begehrt schon wieder ein kapuzenumhülltes Wesen in zu großen Hosen meine Nachfolge am PC anzutreten. Frau Spatz, die Zukunft unseres Landes liegt in Ihren Händen! Ich hoffe inständig, dass nicht eine Teilschuld auf Ihren zierlichen Schultern lastet, dass diese Typen (nie und nimmer Absolventen Ihrer Klasse, oder?) nicht in der Lage sind, anständig guten Tag zu sagen und Anstand und Respekt als Krankheiten definieren. Nein, Ihre Schüler sind sicher ein Muster an Wertschätzung, Nestwärme und freudigem Flügelschlagen. So stelle ich mir Ihre Schüler vor. Welche Fächer unterrichten Sie der Bagage eigentlich? Und hatte ich bereits gefragt, wo Sie wohnen? Ich glaube schon. Ich muss jetzt Schluss machen. Diesen Nerver ranlassen und dann die Angebote studieren, um mir einen kleinen, aber feinen Laptop zu kaufen.
Seien Sie mir herzlich gegrüßt,
Max

von: carlotta-spatz@web.de
13. Februar, 12.55 Uhr
Der Weg der Postkutsche

Lieber Max,
immer mehr frage ich mich, was der Grund für Ihr gleichförmiges in sich ruhendes Leben ist. Sie haben mir diese Frage bisher nicht beantwortet. Ich hoffe, Sie nehmen mir das nicht übel, ich weiß, dass ich dazu neige, sehr viel in alles und jeden hinein zu interpretieren. Aber wenn es nicht immer so war, was war dann der Auslöser?
Sie scheinen mir ein Mensch zu sein, der sehr viel, oftmals Kluges und Witziges, zu sagen hat, auch wenn er dabei keine aufregenden Tagesabläufe beschreibt, was auch nicht zwangsläufig so sein muss, damit das, was Sie sagen, spannend ist. Außerdem: Wer Kinderspielzeug herstellt, braucht Phantasie, um den Dingen eine Seele einzuhauchen, oder nicht? Warum also wollte Herr Tettenborn das alles bisher mit niemandem teilen?
Da klatscht dann eines Nachts im Winter ein verirrter Spatz vor Ihre Fensterscheibe, um bei dieser Metapher zu bleiben. Er zwitschert Ihnen die Ohren voll und zuerst wissen Sie nicht, ob Sie ihn lustig finden sollen oder sich über ihn ärgern. Und nur kurze Zeit später überlegen Sie, ob Sie ihm nicht sogar ein Vogelhaus beschaffen sollen, um sein Tirilieren noch öfter zu hören.
Ich weiß nicht, was ich sagen soll! Ich finde das unheimlich süß von Ihnen. Wenn ich wüsste, wo SIE wohnen, würde ich Ihnen glatt einen Router dazu schicken. Womit wir beim Thema Wohnort angelangt wären. Wo Ihre Fensterscheibe beziehungsweise Ihr »hier« ist, weiß ich nicht, daher kann ich auch den Postkutschenweg nicht ermessen. Ich wohne

seit August letzten Jahres in Lüneburg. Hier habe ich meine erste Stelle nach dem Referendariat angetreten und bin nun dabei, mir ein neues Leben aufzubauen. Verraten Sie mir nun auch, von wo aus Sie die Postkutsche losschicken müssten?
Im Übrigen hinkt ihre lustige Mittelalter-Phantasie an einigen Stellen ganz gewaltig. Würden wir in dieser Zeit leben, hätte ich wahrscheinlich schon mindestens fünf Kinder oder ich wäre eine alte Jungfer, die keiner mehr haben will. Der unglückselige Herr Tetten wäre überdies wahrscheinlich entweder mein frisch Angetrauter (Gott bewahre!) oder der fette alte Gutsherr, der von primae noctis Gebrauch gemacht hat (auch nicht besser!). Ich schlage also vor, wir bleiben weiterhin in unserer Zeit. Vielleicht fahren wir eines Tages ja mal gemeinsam mit einer Retro-Postkutsche.
Meine Schüler tragen bis auf Weiteres ihre Kapuzen nur, um sich vor Kälte zu schützen. Zuweilen tragen sie etwas zu große Hosen. Aber das sind die, die ihre Kleidung aus zweiter Hand von größeren Geschwistern beziehen. Ich habe eine erste Klasse und unterrichte sie in Deutsch bzw. Lesen und Schreiben, Zeichnen, Mathe und Werken. Und natürlich versuche ich ihnen die Werte zu vermitteln, die ich im Leben als wertvoll befinde, animiere sie mit dem Herzen zu sehen, wann immer es möglich ist.
Ich hoffe, sie nehmen sich etwas davon mit, wenn ich sie irgendwann einmal ziehen lassen muss und sind auch noch in der Pubertät in der Lage, Bitte und Danke zu sagen.
Ich frage mich, ob Sie den Samstagvormittag dazu genutzt und sich tatsächlich ein Notebook zugelegt haben. Sollte es an dem sein, so hoffe ich, dass ich bald wieder Post von Ihnen erhalten werde. Jetzt aber werde ich meines (das übri-

gens rosa ist) zuklappen und eine Runde laufen gehen.
Wie haben Sie bisher ohne Rechner eigentlich Ihre Buchhaltung gemacht? Sie sind doch selbständig, oder?
Liebe Grüße, Carlotta

von: m.tetten@gmx.de
14. Februar, 18:58
Das Ziel der Postkutsche
Liebe Carlotta,
natürlich haben Sie es bei mir mit einem selbständigen Menschen zu tun. Nur nicht in dem Sinne, den Sie darunter verstehen. Ich führe ein selbständiges Leben, bin Herr meiner Sinne und in gewisser Art auch frei. Doch wer kann eigentlich schon von sich behaupten, wirklich frei zu sein? Arbeit, Familie und der Zwang zu schlafen, an welcher Stelle fühlen sich die Menschen wirklich frei? Und sind sie letztlich nicht alle die Angestellten eines sie fest umklammernden Gesetzes namens Leben? Wir suchen uns nicht aus, wann wir geboren werden und durch den Segen der Jurisprudenz dürfen wir uns zumindest in Deutschland nicht einmal aussuchen, wann es Zeit wird zu gehen. Von wegen, in die Berge zum Sterben verziehen. Opa wird totgepflegt, basta. Aber, ich schweife wieder einmal ab. Um auf Ihre freundliche Unterstellung der Selbständigkeit zurück zu kommen: Ich bin es nicht. Ich bin im klassischen Sinne angestellt und stelle mich dabei, nach meiner Einschätzung, meistens auch ganz gut an. Darüber bin ich insbesondere froh, weil ich eben die von Ihnen erwähnte Buchhaltung nicht machen muss. Ich glaube auch nicht, dass der Herr Pacioli, als er die gesamten Grundlagen der venezianischen Buchhaltung im Jahr 1494 niederschrieb, das fürchterliche Ausmaß der Katastrophe

erahnen konnte. Da verbringen Selbständige ganze Abende mit so sinnfreien Tätigkeiten wie Thermobelege kopieren, aufkleben und abheften, nur damit Jahre später ein Buchprüfer kommt und in den ganzen Akten rumschnüffelt. Die Partner und Kinder werden vernachlässigt, damit Vater Staat ja seine Zahlen bekommt. Finden Sie nicht auch, dass die gesamte Buchhaltung eines Unternehmens vor allem deshalb gemacht wird, um den Staat zufrieden zu stellen? Die meisten Unternehmer würden wahrscheinlich auch am Kontostand ganz gut erkennen, wie es ihrer Firma geht. Das bekommen wir Angestellten schließlich auch ohne Buchhaltung ganz gut hin. Vielleicht sollten alle deutschen Unternehmen dem Fiskus monatlich eine Rechnung für diese Dienstleistung schicken. Und eine Schadensersatzforderung für entgangenes Familienglück gleich hinterher.
Heute koste ich es richtig aus, Ihnen zu schreiben! Sie bemerken es vielleicht, da ich viel zu weit ausschweife. Aber es ist in der Tat so weit gekommen, dass ich vor einem Laptop sitze. Ich muss genauer sein. Vor einem Netbook. Die Firma Samsung hat mir gegen ein überschaubares Entgelt ein kleines, süßes Kästchen übergeben, in das ich nun diese Buchstaben drücke. Entgegen Ihres wirklich außergewöhnlich gefärbten Exemplars ist mein Gerät klassisch schwarz, dafür aber mit einem Klavierlack überzogen. Ob dieser echt ist oder nur ein Klavierlackimitat, kann ich nicht einschätzen. Es sieht in jedem Fall toll aus. Nur doof, dass jeder Fingerabdruck sichtbar ist. Es hat bereits eine kleine Karte integriert, mit der es mir möglich ist, mich überall ins Internet einzuhacken. Toll, oder? Die Tastatur ist etwas klein und jeder zweite Buchstabe ist nicht der, der es eigentlich sein soll, aber ich werde sicher noch genug Zeit zum Üben haben.

Nun habe ich schon ein ganzes Stück Ihrer Zeit verplempert, ohne dass ich auf Ihre Fragen geantwortet hätte. Entschuldigen Sie bitte, Frau Spatz. Ich arbeite also nicht selbständig in der Werkstatt. Es macht mir aber trotzdem Spaß. Bitte glauben Sie nun nicht, dass es mich erhebt, weil ich in Gedanken glückliche Kinderaugen sehe, während ich zum Beispiel ein Holzdreirad montiere. Diese Arbeit hat etwas stetiges, beruhigendes und zutiefst komplentatives für mich. Der Weg vom Zen zur Schraube ist also gar nicht so weit, wie der Normalbürger immer denkt. Die Werkstatt und meine Wohnung stehen in Gräfentonna, einer kleinen Gemeinde nördlich von Erfurt, also im Thüringischen. Dabei bin ich kein völlig vertrottelter Provinzler! Das ganze Gegenteil ist der Fall, denn eigentlich komme ich aus Berlin. Ein paar Launen des Schicksals haben mich dann aber in dieses Nest verschlagen, wo ich nun schon seit zwei Jahren lebe. Eine Reise mit der Postkutsche würde also schon ein paar Tage dauern bis zu Ihnen nach Lüneburg.
Ich bin erstaunt, wie hoch das Niveau unserer Grundschullehrerinnen ist! Vom Alter her scheinen Sie mir nicht zu einer Bevölkerungsgruppe zu zählen, die das Recht der ersten Nacht noch leiblich erfahren hat und ich bin wenigen Menschen begegnet, die etwas mit diesem Ausdruck anfangen konnten. Es freut mich also, dass zumindest Ihre Schüler mit Ihnen die nötige Grundlage haben, um Wissen vermittelt zu bekommen. Bleibt nur noch zu wünschen, dass sie auch etwas daraus machen.
Frau Spatz, ich merke gerade, dass es nicht so einfach ist, ein Ende zu finden. Zum einen kann ich nun, da ich ohne zeitliche Befristung an einem Rechner sitze, ewig schreiben. Zum anderen bedarf es eigentlich ab und an Ihrer Antwort, denn

sonst könnte ich mich auch hinsetzen und nur für mich schreiben. Tagebuch oder so etwas. Doch das scheint mir zu langweilig. Gleichsam langatmig erschiene es mir, in epischer Breite aus meinem ereignisarmen Leben zu berichten. Was also tun? Gibt es immer noch Dinge, die Sie über mich wissen wollen? Auch jetzt noch, wo wir uns schon einmal geographisch verortet haben? Da wir wissen, wo wir den anderen finden, wenn wir ihn denn einmal suchten? Bitte ersparen Sie mir aber, uns Bilder zu schicken. Das hat so etwas Pennälerhaftes. Lassen Sie uns in der Welt der Worte bleiben. Die Phantasie ist nicht zuletzt ergiebiger als ein reines Bild. Zumindest glaube ich das bei mir.
Jetzt bringe ich es einfach über mich und ende hier. Mein neuer Rechner ist warm geschrieben und soll in Zukunft unsere Verbindung sein. Ich finde es trotz allen Wissens unglaublich. Weil ich hier auf ein paar Plastiktäfelchen klimpere und anschließend diese Berührung umgewandelt und durch die Luft zu Ihnen transportiert wird, sind Sie in der Lage, meine Gedanken zu teilen! Erzählen Sie das einmal einem Postkutscher aus dem Mittelalter! Also, liebe Frau Spatz, bewahren Sie Ihren Kleinen bitte vor allem das Staunen. Dann wird diese Welt immer ganz wundervoll sein.
Herzliche Grüße, Max

P.S.: Benötigen Sie vielleicht den Beleg für mein Netbook? Oder wäre das ungesetzlich?

von: carlotta-spatz@web.de
14. Februar, 22.28 Uhr
Herzlichen Glückwunsch!

Lieber Max,
es steckt so viel Freude über Ihre neue Errungenschaft in Ihren Worten. Das finde ich irgendwie anrührend und ich wünsche mir für Sie, dass es sich tatsächlich um echten Klavierlack handelt und nicht um ein Imitat. Gibt es das überhaupt?
Wobei, heutzutage kann man sich ja nicht mal mehr sicher sein, ob es sich bei Käse wirklich um selbigen handelt oder nicht.
Jedenfalls: Herzlichen Glückwunsch zum Netbook! Wissen Sie, dass ich noch ein paar Mails zuvor ernsthaft überlegt habe, ob ich Ihnen in Form von Stichpunkten antworten sollte, weil ich fürchtete, meine Ausschweifungen wären unzumutbar für Sie? Und nun bekomme ich halbe Romane von Ihnen! Aber es sind schöne Romane und ich lese mit Begeisterung.
Das mit dem Finanzamt finde ich eine gelungene Idee, die man einmal großflächig publik machen sollte! Mich betrifft es ja selbst auch nicht, aber meine Schwester besitzt eine kleine Boutique und daher weiß ich nur zu genau, dass gerade die kleinen Lichter am Ende immer die armen Idioten sind, die blechen müssen, weil Sie zu anständig, ängstlich oder unwissend sind, um ihr Geld rechtzeitig in die Schweiz zu schaffen. Wobei das in der aktuellen Situation vielleicht endlich mal was Gutes hat.
Ich frage mich schon lange, warum es fürs Finanzamt kein adäquates Schimpfwort gibt. Kennen Sie eins? Selbst für Wörter, die wirklich schöne Dinge, Personen oder Sachver-

halte ausdrücken, gibt es oftmals ein hässliches Synonym. Warum also nicht für dieses amtgewordene Übel?
Es freut mich für Sie, dass Sie nicht wertvolle Zeit damit verplempern müssen, Quittungen auf gelochtes Papier aufzukleben und als Angestellter wohl sogar über ein geregeltes Einkommen verfügen. Aber es wirft das immer noch recht vage Bild, welches ich von Max Tettenborn im Kopf habe, schon wieder komplett über den Haufen.
Ich habe mir vorgestellt, dass Sie in einem schmalen Gründerzeithaus leben und ein paar Stockwerke tiefer ihre Werkstatt haben, in der sie den ganzen Tag vor sich hin werkeln. Bauklötze bemalen, Kopftücher auf Hexenköpfe kleben, schnitzen, während im Hintergrund eine Puppe sitzt, die sich wünscht ein echtes Kind zu sein. Das habe ich ganz schön romantisiert, nicht wahr? Aber dass das Dreirad aus Holz ist, das passt ja schon ganz gut dazu.
Also, die erste von vielen Fragen, die ich noch an Sie habe: Wie sieht Ihre Werkstatt aus? Haben Sie Kollegen oder arbeiten Sie immer allein?
Im Übrigen hatte ich Ihnen wiederholt eine Frage gestellt, auf die Sie auch diesmal nicht eingegangen sind. Wenn Sie mir darauf nicht, noch nicht oder überhaupt nie antworten möchten, dann können Sie das ruhig sagen. Ich würde mich damit, zumindest in den nächsten zwei, höchstens drei, Mails zufrieden geben.
Besser, ich fange mit etwas Einfacherem an: Wie alt sind Sie eigentlich? Warum hatten Sie überhaupt eine Mailadresse, wenn Sie bisher keinen Computer hatten? Oder ist dem alten etwas Schreckliches zugestoßen? Werden Sie mir einmal erzählen, was Sie in dieses nicht-mal-3000-Seelen- Kaff verschlagen hat? Oder hängt das mit der Frage zusammen, die

Sie so geflissentlich ignorieren?
Keine Angst, ich hatte nicht vor, Ihnen im Anhang eine Carlotta-Marketing-Mappe zu schicken. Ich mag auf meine Weise chaotisch sein, manchmal auch zu impulsiv, aber ich habe kürzlich gelernt, etwas mehr Stolz an den Tag zu legen, und gebe nichts mehr heraus, wenn ich nicht darum gebeten werde. Wobei, zum einen finde ich gerade das spannend: Sie könnten jeder, ich könnte jede sein. Ein anderer Teil von mir ist jedoch schon neugierig, wie Sie wohl aussehen mögen. Vielleicht erzählen Sie es mir einfach? Sie könnten zum Beispiel mit der Haarfarbe beginnen. Ich frage mich allerdings, warum Sie jetzt nicht mehr wissen wollen, wie ich aussehe. Wenn ich mich recht entsinne, wäre das doch einst bedeutend für die Entscheidungsfindung gewesen, ob es nun bedauerlich oder erfreulich ist, dass Sie keine Nacht mit mir verbracht haben.
Max, nun ist es für mich wirklich Zeit, Ihnen eine Gute Nacht zu wünschen. Ich bin völlig erledigt und muss dringend etwas Schlaf nachholen, damit ich morgen wieder fit genug bin, um meinen Kindern das Staunen zu lehren und zu verinnerlichen. Schlafen Sie gut!
Hatte ich bereits erwähnt, dass mir die Vorstellung gefällt, dass nun auch bei Ihnen das Internet eingezogen ist und meine Zeilen Sie in wenigen Sekunden erreichen werden?
Alles Liebe,
Carlotta

von: m.tetten@gmx.de
15. Februar, 0:43 Uhr
Danke,
liebe Carlotta!
Ich hatte es schon befürchtet, als ich den Entschluss fasste, den Rechner zu kaufen. Sie würden mir noch häufiger schreiben und ich bekäme ein schlechtes Gewissen, wenn ich nicht zumindest innerhalb einer angemessenen Zeit antworte. So viel also zur angeblich freien Entscheidung, die wir alle haben.
Ich wette übrigens, dass die überwiegende Mehrheit Ihrer Beziehungen deshalb in die Brüche gegangen ist, weil Sie so penetrant aufsässig und nachdrücklich sind. Hat Ihnen jemals ein Mann gesagt, dass Schweigen eine ganz wunderbare Erfindung ist, die offenkundig an Ihnen vorbeigezogen ist? In der schriftlichen Form hat das ja alles noch einen gewissen Charme. Ich kann auch aufhören zu lesen und später weitermachen. Aber ich kann mir genau vorstellen, wie es aus Ihnen sprudelt, wenn Sie in Wirklichkeit losgelassen werden. Denken Sie kurz darüber nach, Frau Spatz! Es ist die Vielzahl der Worte der Weiber und die Übermacht der weiblichen Kommunikation, die Männer zu Anglern und Trinkern werden lässt.
Ich werde Ihre Nachdrücklichkeit ganz bewusst dadurch testen, dass ich Ihnen Ihre erste Frage schon einmal nicht beantworte. Und bevor Sie argwöhnen, es könne sich hier um bloße Sturheit oder männlichen Stolz handeln, muss ich Ihnen sagen, dass es wirklich nur dazu dient, die Spannung hoch zu halten. Denn wer will schon beim ersten Date immer gleich alles sehen? Gönnen Sie mir also noch ein paar Geheimnisse, bevor wir dem virtuellen Seelenstrip völlig anheim fallen.

Ihre nicht minder nachdrücklichen Fragen aus Ihrer letzten Mail will ich aber gern beantworten. Schon allein, um meinen guten Willen zu zeigen. Außerdem will ich auf gar keinen Fall, dass Sie mir verlustig gehen. Unsere Unterhaltung mag zuweilen ins Romaneske abdriften, aber unterhaltsam sind Ihre Mails allemal. Nicht zuletzt bringen Sie mich auch oft zum Lachen und das gefällt mir sehr.
Die Werkstatt ist ein recht nüchterner Raum. Blaues Linoleum (kein Imitat), kaltes Kunstlicht, das mir immer so vorkommt, als würde es flackern, schmale Fensterschlitze in zwei Metern Höhe und der Geruch nach Holz, Farben und Leim. Zwischen das Sägen und Bohren mischt sich dann und wann ein Murren des Meisters, weil ihm alles viel zu langsam voran geht. Morgens sitze ich auf einem Stuhl, schaue zum Fenster hoch und beiße in mein Frühstücksbrot. Um mich herum frühstücken dann fünf weitere Arbeiter, die in ihrer Arbeitszeit ganz filigran das Spielzeug herstellen, über das sich Ihre Kinder freuen würden.
Was mich nun in diese Werkstatt und das Kaff in Thüringen verschlagen hat? Reicht es Ihnen, wenn ich fürs Erste sage, dass es ein Fehler war? Ja, ganz einfach. Ein Fehler hat mich hierher geführt. Als ich ihn beging, kam es mir nicht so vor. Aber inzwischen habe ich es eingesehen. Und, Sie werden es schon argwöhnen, es hat selbstverständlich mit einer Frau zu tun.
Damit Sie wissen, mit wem Sie es bei Max Tettenborn tun haben, will ich Ihnen einen kleinen Steckbrief von mir übermitteln. Ich bin fast fünfunddreißig Jahre alt, fast zwei Meter groß und fast einhundert Kilo schwer. Das alles hat herzlich wenig mit Fasten zu tun, denn im Grunde esse ich sehr gern. Wenn Sie nun jünger sind als ich, dann kann ich Sie be-

ruhigen. Essen wird zwar gemeinhin als die Sexualität des Alters angesehen, aber ich habe schon immer gern gegessen. Und gern Sex gehabt. Es ist also eher das Zusammentreffen sinnlicher Genüsse. Die Farbe meiner Haare ist ein klassisches Irgendwas, das farblich an das erinnert, was man zu Hause aus den Ecken fegt. Meine Augen sind graublau. Auf meiner linken Wange habe ich eine zwei Zentimeter lange Narbe. Sie ist zwar schon etwas verblasst, weil ich sie mir als kleiner Junge beim Spiel mit einem Hund zugezogen habe, aber wenn ich ganz frisch rasiert bin, kann man sie deutlich sehen. Reicht Ihnen das fürs erste, um sich ein Bild von mir zu machen?

Das Gründerzeitgebäude würde mir gefallen. Ich bin mir sicher, dass ich nicht ewig in dieser Werkstatt hier sein werde. Andererseits habe ich keine Vorstellung darüber, was ich stattdessen machen könnte. Aber die Idee, in eben diesem Haus einer Hexe einen Hut aufzukleben, gefällt mir ganz gut. Vielleicht könnte ich bei der Gelegenheit auch einen zierlichen Spatzen schnitzen. Mit beweglichem Schnabel, Modell Plaudertasche.

Schlafen Sie gut.

Max

von: carlotta-spatz@web.de
15. Februar, 6.47 Uhr
Schweigen

....
....
....
....
....
....
....
....
....
....
....
....
....
....
....
....
....
....
....
....
....
....
....

P.S.: Ich hoffe, das war still genug für Sie!
Carlotta

von: m.tetten@gmx.de
15. Februar, 10.36 Uhr
Re: Schweigen
Liebe Carlotta,
haben Sie mich tatsächlich missverstanden oder wollen Sie mich auch mal ein wenig ärgern?? Die Vielzahl Ihrer Schweigepunkte lässt zwei Schlüsse zu: Entweder wollen Sie betont lange schweigen, oder Sie wollten eigentlich etwas sagen und mussten, statt sich auf die Zunge zu beißen, auf die Taste drücken.
Reden Sie, Frau Spatz, reden Sie!!

von: m.tetten@gmx.de
15. Februar, 13.41 Uhr
Flügelrascheln
Liebe Carlotta,
ich nehme einmal an, dass Sie um diese Zeit Ihre Kinder unter Ihren Fittichen haben und deshalb Ihr Schweigen zumindest in meine Richtung fortsetzen. Sollten Sie wieder bei Stimme sein, würde ich mich freuen, von Ihnen zu lesen.
Herzlichst, Max

von: carlotta-spatz@web.de
15. Februar, 15.05 Uhr
Re: Flügelrascheln

Mein lieber Herr Tettenborn,
zählt Schweigen eigentlich noch als Schweigen, wenn man dabei lachen muss? Da ich dienstags nur zwei Stunden habe, bin ich seit kurz nach zehn Uhr zuhause. Seitdem stehe ich auf der Leiter und streiche mein Schlafzimmer (hellgrau und magenta). Dabei höre ich laute Musik (Muse »Undisclosed Desires« auf Endlosschleife) und ab und zu ein immer lustiger werdendes »Pling«, mit dem mein Notebook mir sagen will, dass eine neue Mail eingegangen ist.
Ihre Rückschlüsse auf meine Schweigepunkte sind falsch! Die richtige Antwort lautet: Ich wollte Ihnen nur zeigen, dass ich es kann!
Außerdem hat mir das Verfassen dieser Mail sehr viel Freude gemacht. Und wann immer Ihnen danach ist, mit mir einvernehmlich zu schweigen, können Sie sie gern immer und immer wieder lesen!
Dennoch muss ich Ihnen sagen, dass ich noch immer ein klein wenig verstimmt bin.
Ich glaube, Sie ruhen nicht mal ansatzweise so in sich, wie Sie mich und sich selbst glauben machen wollen! Es war Ihre freie Entscheidung sich einen Computer zuzulegen. Ich habe Sie gewiss nicht dazu genötigt.

»Und sie werden es kaum glauben, aber ich erwäge in der Tat, mir einen mobilen PC, sprich ein Laptop zu kaufen, damit ich schneller mit Ihnen kommunizieren kann! Was sagen Sie nun?!«

Das waren Ihre Worte! Ich sage Ihnen was: Sie haben diese Entscheidung wegen einer Frau getroffen, schlimmer noch, wegen einer Frau, die Sie nicht mal kennen und darüber ärgern Sie sich mittlerweile. In den Augen eines Mannes ist es doch immer ein Zeichen von Schwäche, wenn man(n) sich zu so etwas hinreißen lässt. Und das passt so gar nicht zu dem in sich ruhenden Max, der Sie gerne wären. Und deshalb lassen Sie Ihren Frust darüber nun an mir aus. Durch einen dummen Fehler bin ich in Ihr ach so geregeltes Leben geplatzt. Aber Max, dass ich es offenbar ein bisschen durcheinander bringe, das ist Ihre Schuld, nicht meine. Sie hätten einfach nur das Fenster schließen müssen, anstatt es sperrangelweit zu öffnen.
Ein paar Zeilen weiter unten sprechen Sie plötzlich von einem Date. Haben wir das denn?
Was genau wollen Sie eigentlich von mir? Wenn ich Sie einerseits so entsetzlich nerve, Sie aber andererseits fürchten, ich könnte Ihnen wieder abhanden kommen? Was gäbe ich darum, wenn ich Ihr Gesicht sehen könnte, wenn Sie die folgenden Zeilen lesen: Meine letzte Beziehung ist keineswegs wegen der Vielzahl der Wörter, die ich so von mir gebe, in die Brüche gegangen. Sie ist vielmehr an einer nicht stattfindenden Hochzeit verendet. Und wenn Sie nun denken: Ist ja ganz klar, Frau Spatz hat so lange geträllert, dass sie kein Spatz mehr sein will, dass der arme Kerl die Flucht ergriffen hat! Dann, mein lieber Max, irren Sie sich!
Ich habe meine eigene Hochzeit platzen lassen, den wirklich wunderschönen Brillanten abgestreift, mir die Haare abschneiden und färben lassen, meine Koffer gepackt und bin geflohen. Nach Lüneburg. Wo ich nun meine neue Wohnung bewohnbar mache, denn bis vor ein paar Wochen habe

ich noch in einem WG-Zimmer gewohnt. Das hätten Sie nicht gedacht, was?
Tut mir leid, aber Ihre Werkstatt hört sich scheußlich an! Wie kann man in solch einer Umgebung denn kreativ sein oder überhaupt arbeiten? Ich würde da verrückt werden. Ich dachte, zumindest blaues Linoleum sei mittlerweile verboten.
Natürlich brenne ich nun darauf, mehr über die nebulöse Gräfentonnaerin zu erfahren und es frustriert mich auch ein wenig, dass Sie mir meine Frage auch dieses Mal nicht beantwortet haben, allerdings hatte ich damit gerechnet. Aber was meine Nachdrücklichkeit betrifft: Ich nerve niemanden bewusst. So unsensibel bin ich nun auch wieder nicht. Irgendwann werden Sie es mir schon erzählen.
Wie einen die Vorstellungskraft doch täuschen kann. So, wie ich mir nun Ihre Werkstatt vorstelle, passt der Max, den ich jetzt im Kopf habe, da so gar nicht hinein. Haben Sie eigentlich in Berlin das Gleiche gemacht? Kinderspielzeug hergestellt? Und warum interessiert es Sie scheinbar nicht, wie ich aussehe? Das kratzt ein wenig an meiner weiblichen Eitelkeit.
So, meine Wand ist nun getrocknet, ich lasse Sie nun mit Ihrem neuen Netbook und meinen vielen Wörtern allein und streiche noch ein zweites Mal.
Farbverschmierte Grüße, Carlotta

von: m.tetten@gmx.de
15. Februar, 15.54 Uhr
Re: Flügelrascheln

Liebe Frau Spatz,
schön, dass Sie Ihr Schweigen eingestellt haben! Und wie!! Bei dem Zunder, den Sie verbreiten, muss Ihre Wand ja in Sekundenschnelle getrocknet sein. Und wie wild das Spätzchen sein kann! Da ich nun weder Ornithologe bin, noch tiefer gehende Kenntnisse in der Kategorisierung von Vögeln habe, weiß ich gar nicht, zu welchem Tier Sie sich so schnell gewandelt haben, aber es kommt einer kleinen, geflügelten Furie sehr nahe.
Wie schon gesagt, ich wollte Sie nicht kränken. Und wahrscheinlich hätte es Ihre weibliche Fähigkeit der minutiösen Erinnerung an Kommunikationselemente geschafft, ganz ohne das Herauskopieren von Sätzen aus meiner Email ein Zitat von mir herzubeten. Natürlich war es meine freie Entscheidung das Laptop zu kaufen. Ich wollte damit nur zum Ausdruck bringen, dass es mitunter doch erstaunlich ist, in welche Zwänge wir uns in der Folge selbstverschuldet begeben. Der Zwang hat in erster Linie also gar nichts mit Ihnen zu tun, liebe Frau Spatz. Um Ihrer weiblichen Psyche noch ein paar Streicheleinheiten zu geben und da Sie diese Frage geradezu herbeisehnen: Wie sehen Sie denn nun abgesehen von Ihrer Zierlichkeit aus? Sie klingen nicht wie eine zwanzigsemestrige batiktuchtragende Ökotante, die sich in Frauenhauskursen auf einen Spiegel setzt, um zum ersten Mal im Leben ihre Mitte zu sehen und nun Kinder in der Überzeugung malträtiert, dass die Welt hart und ungerecht ist. Insbesondere und vor allem gegenüber Frauen.
Und da ich einmal bei der Mitte bin: Meine derzeitige Le-

bensmitte gefällt mir auch nicht besonders. Aber die Werkstatt ist wie sie ist. Ich werde sie nicht ändern. Mich kann ich eher ändern als diesen sterilen Schuppen. Aber, wie schon gesagt, zum Glück werde ich hier nicht ewig bleiben.
Irgendwann wird mich schon ein Wind wegtragen. Möglicherweise fliege ich mit einer schönen Schwänin davon. Was hat Sie eigentlich bewogen, Ihre Hochzeit platzen zu lassen? Gab er Widerworte, der Arme? Oder hat er sich beim Vögeln im Nest geirrt?
Ich will Ihnen schließlich noch beantworten, was ich von Ihnen will. Im klassischen Sinne eines Dates gar nichts. Aber Ihre Zeilen lesen und mir dabei vorstellen, wie Sie sich ärgern, wie Sie lachen oder einfach nur schweigen. Das will ich sehr gern.
Wie kurz sind Ihre Haare nun eigentlich und welche Farbe tragen Sie? Ihrem Maler-Musikgeschmack nach zu urteilen, muss es doch recht gut aussehen.
Herzlichst,
Max

von: m.tetten@gmx.de
15. Februar, 20.49 Uhr
Schweigen Sie noch...
oder malen Sie schon (wieder)? Frau Spatz, nun müssen Sie natürlich auch damit leben, dass ich tatsächlich schreibe, wann immer ich kann oder will. Darf ich Sie ein wenig ködern? Ich habe früher in Berlin kein Kinderspielzeug hergestellt. Ich war Koch. Aber bitte denken Sie jetzt nicht an so einen speckigen Hilfskoch, der Pfannen schrubbt, Gemüse schneidet und dann und wann die Kartoffeln umrühren darf. Nein, ein richtig guter Koch in einem wirklich guten Restaurant. Kochen war mein ein und alles. Doch dann kam alles ganz anders. Und Sie wissen es ja. An allem sind die Frauen schuld. Fliegen Sie doch mal wieder vorbei, Sie stummer Vogel! Ich habe übrigens extra für Sie nachgeschaut. Der Bulwerfasan ist tatsächlich stumm. Nur während der Paarungszeit stößt das Männchen ein Signal aus, das so ähnlich klingt wie »bek-kiaaa«. Ich glaube, dass diese Daseinsform für viele meiner Artgenossen das Paradies wäre. Wir hängen den ganzen Tag schweigend rum, schlafen auf Bäumen und wenn wir einmal Sex wollen, brüllen wir »bek-kiaaa!«. Da dem Bulwerfasanhahn in der Folge keine weiteren väterlichen Pflichten zukommen, kann er sich wieder ganz dem Schweigen und ab und an dem Krähen verschreiben. Ich habe auf jeden Fall schon einmal eine nicht zu verachtende Option für meine Wiedergeburt gefunden.
Geben Sie sich einen Ruck, Carlotta! Mit dem Reden ist es wie mit dem Fahrradfahren. Sie können es gar nicht verlernen.
Herzlichst,
Max

von: carlotta-spatz@web.de
15. Februar, 20.54 Uhr
Re: Schweigen Sie noch...
Gedulden Sie sich, Sie Bulwerfasan im Geiste! Ich schreibe noch! Aber Sie wissen doch, wie das mit einer Plaudertasche so ist! Sie holt soeben mal wieder etwas weiter aus!
Bis gleich!
Carlotta

von: m.tetten@gmx.de
15. Februar, 21.01 Uhr
Re: Re: Schweigen Sie noch...
Hach, Frau Spatz, die Vergleichzeitigung dieser Welt hat uns eingeholt! Ich warte. Darf ich etwas trinken? Ich mach mir mal so ein Weibergetränk; sagen Sie es bitte nicht weiter. Likör 43 mit Milch. Oberlecker, 43 Kräuter und auch noch Calcium für die Knochen. Gesünder geht eigentlich nicht. Schreiben Sie wohl. Ich trinke auf das Ihrige.
Herzlichst,
Max

von: carlotta-spatz@web.de
15. Februar, 21.30 Uhr
Keine Macht dem Batik!

Lieber Max,
die Vielzahl Ihrer Mails am heutigen Tage ist ja beinahe wirklich zwanghaft! Nehmen Sie Ihren Computer etwa sogar mit auf Arbeit?
Meine Wände sind unterdessen trocken und sehr schön geworden, während auch ich nach einer Dusche wieder meine ursprüngliche Farbgebung zurück habe. Wissen Sie, was ich toll finde am Single-Sein?
Ich muss weder bei der Farbwahl für meine Wände noch über den Inhalt meines Kühlschrankes mit jemandem überein kommen. Infolge dessen ist mein Schlafzimmer nun partiell pink und gegessen habe ich einen tollen Salat mit viel Balsamicoessig.
Und bevor Sie mich jetzt für eine halten, die nur lustlos auf Möhren herum kaut, weil sie die bösen Kalorien fürchtet, sollte ich besser klar stellen, dass ich durchaus ein riesiges Steak vertragen könnte und hinterdrein noch eine Tafel Schokolade. Oder auch zwei. Ich habe nur selten Lust darauf.
Dank guter Gene kann ich schon zeitlebens essen, was ich will, ohne dabei zuzunehmen. Das hat einerseits den Vorteil, dass ich alles, worauf ich Appetit habe, jederzeit essen kann, leider aber den Nachteil, dass beispielsweise ein Eisbecher niemals die Magie besitzen wird wie für viele meiner Freundinnen.
Ich wiege nicht mal halb so viel wie Sie! Deshalb hat mich die einhundert vor den Kilogramm im ersten Moment erschreckt und ich hätte sie beinahe für untersetzt gehalten.

Bis mir klar wurde, dass zwei Meter ebenfalls eine Höhe ist, in der ich mich, ohne eine Leiter zu benutzen, nicht aufhalte. Ich habe erwogen, Ihnen heute keine Auskunft über mein Äußeres zu geben. Wenn Sie nicht ehrlich daran interessiert sind, es zu wissen, wäre es sowieso ohne Belang. Aber ich komme einfach nicht umhin, der gebatikten Ökotante einen Kinnhaken zu verpassen. Denn Sie haben ganz Recht mit Ihrer Vermutung. Sie ist das ganze Gegenteil von mir. Hat aber leider in großer Überzahl die gleichen Leipziger Hörsäle wie ich zu meiner Studienzeit bevölkert. Gräßliche behaarte Weiber, die Christian Dior für einen französischen Abgeordneten halten, aber sich selbst für kosmopolitisch.
Was habe ich sie gehasst!
Also gut: Ich bin achtundzwanzig Jahre alt, 1,58 bis wahlweise 1,70 Meter groß (je nach Schuhwerk), wiege fünfundvierzig Kilo und habe blaue Augen. Das einzig wirklich langgewachsene an mir sind meine Wimpern.
Bis zu meiner geplatzten Hochzeit hatte ich lange blonde Haare für die ich jeden Monat ein kleines Vermögen beim Friseur gelassen habe. Danach hat es mir eine diebische Freude bereitet, mich diesem Klischee hinzugeben. Mit einer neuen Frisur in ein neues Leben. Ich finde, das hat so was Verwegenes.
Ich habe mir einen Bubikopf schneiden und diesen Rest Haar in ein glänzendes Kastanienbraun einfärben lassen.
Wenn Sie mir eine Feder Ihres Bulwerfasanengewandes reichen, tanze ich Charleston für Sie!
Und, passt das für Sie zu meinem Musik- und Farbgeschmack? Mich wundert übrigens, dass Sie bei Magenta nicht mal schmerzlich aufgezuckt haben!
Warum ich meine Hochzeit platzen ließ? Nun, Martin, mein

Ex, war eigentlich perfekt. Er sieht gut aus, hat mich auf Händen getragen, nicht in fremden Nestern gewildert und mir nie widersprochen. Er war ein recht anständiger Liebhaber und verfügte über ein geregeltes Einkommen.
Martin hatte eigentlich nur einen Fehler: er war nicht der Richtige. Ich wollte es so gerne glauben. Aber es ging einfach nicht. Je näher die Hochzeit rückte, umso panischer wurde ich. Ich stellte mir die Hochzeit vor. Kam jedoch immer nur bis zu der Stelle »Möge jetzt reden...«, wo ich gerettet wurde. Von wem, weiß ich selber nicht, einfach nur gerettet. Ich ertappte mich in den schönsten Momenten, die er mir bereitete, wo ich mich fragte, ob da nicht noch mehr geht. Ob ich noch mehr fühlen kann.
Martin ist ein Mann, mit dem einem Mädchen an seiner Seite nachts im Wald gar nichts Böses passieren kann. Aber ich, so wurde mir klar, ich brauche einen Mann, der mich nachts im Wald zwar vor wilden Tieren beschützt, der aber jederzeit selbst eines werden könnte. Tja, das wars. Ich ging. Kurz nachdem die Einladungen verschickt waren.
Und nun bin ich hier in Lüneburg. Während Martin (übrigens nur eine Autostunde von Ihnen entfernt) noch immer in dem Betrieb arbeitet, in dem er schon gelernt hat.
Vielleicht trinken Sie mal ein Bier mit ihm. Kleiner Spaß! Bis vor Kurzem waren Sie mit Ihrer Lebensmitte aber noch sehr zufrieden... wie kommt es plötzlich? Und nun auch noch Milch mit Kräuterlikör??? Igitt! Muss ich mir Sorgen um Sie machen? Kinderspielzeug und nun auch noch ein Sternekoch? Sie müssen sich vor den Gräfentonnaerinnen kaum retten können!
Wie halten Sie sich die vom Leibe? Oder spielen Sie lieber mit den Enten, während Sie auf die Schwänin warten? Nun

will ich Sie aber nicht länger warten lassen. Man mag es kaum glauben, aber ich habe meine Wörter für heute fast aufgebraucht!
Ihre Spätzin Carlotta

von: carlotta-spatz@web.de
15. Februar, 23.36 Uhr
Schreiben Sie noch...
oder schlafen Sie schon?
Hoffentlich nicht mit dem Kopf in diesem fürchterlichen Getränk, das Sie sich da zusammen gemixt haben! Ich lege mich nun hin.
Gute Nacht Max!

von: carlotta-spatz@web.de
17. Februar, 21.41 Uhr
????
Hey, mein Freund der virtuellen Worte, wo stecken Sie heute? Akku leer? Ist Ihr dubioser Cocktail von vorgestern dran Schuld? Oder hat die Verwandlung zum schweigsamen Fasan bereits begonnen? Muss ich dann demnächst mit einem Brunftschrei rechnen? Ein Lebenszeichen würde mir vorerst reichen!
Alles Liebe, Carlotta

von: m.tetten@gmx.de
17. Februar, 22.42 Uhr
Re: ???

Liebe Frau Spatz,
was ist denn mit Ihnen los? Ihre saloppe Anredeform »Hey« kenne ich ja gar nicht. Hatten Sie heute Überstunden mit den Kleinen und soll ich jetzt antworten: »Yo, Alte, da bin ich doch, was geht?« Oder wäre Ihnen der Brunftschrei am Ende doch lieber? Würden Sie mich auch hören, so knappe vierhundert Kilometer von hier entfernt?
Verteufeln Sie bitte nicht so sehr das erfreuliche Getränk, das ich vorgestern Abend zu mir genommen habe! Haben Sie es denn je gekostet?
Ich nehme einmal an, dass Sie heute einen harten Tag hatten. Sie fragen nicht nach, der Mentalbohrer in Ihnen schweigt und da ich nicht annehme, dass es Teil einer neuen Schweigestrategie Ihrerseits ist, vermute ich eine kleine Erschöpfung ob der zu starken Inanspruchnahme durch Pinsel und Gören. Machen Sie ruhig einmal frei, Frau Spatz! Setzen Sie sich nicht zu sehr unter Druck! Gerade der weibliche Teil der Bevölkerung glaubt ja immer, es müsse alles und darüber hinaus auch noch perfekt erledigt werden.
Möglicherweise gibt es ja tatsächlich ein göttliches Bonuspunkteprogramm, das die Frauen instinktiv kennen und wenn Sie dereinst vor dem Schöpfer stehen, werden Sie es in virtueller Art zücken und dürfen eintreten in das Paradies. Die Männer dagegen bekommen nur das Topfset.
Sehen Sie, Frau Spatz, da Sie mich heute mit keinerlei Fragen außer der nach meinem Akku, meiner Fasanisierung und der nachhaltigen Wirkung meines Getränks behelligen, gerate ich ins Schwadronieren. Ich überlege gerade, ob dies eine

weitere Strategie von Ihnen ist. »Lasse ich den Tettenborn doch etwas an der langen Leine. Irgendwann wird er in seinem ach so geregelten Leben schon einsehen, dass ihm etwas fehlt. Und weil er offenkundig keine andere Wahl hat, wird er sich vor sein Klavierlackimitatlaptop setzen und endlich sein Herz ausschütten und mir all meine Fragen beantworten. Selbst die, die ich noch gar nicht gestellt habe.«
So wird das natürlich auch nichts, Frau Spatz. Wie Sie sehen, habe ich auch diese Strategie durchschaut. Wenn Sie sich nun fragen, wie ich das geschafft habe ohne eine Frau zu sein, will ich Ihnen sagen: Ich trinke das gleiche Getränk wie vorgestern Abend. Bloß heute ohne Milch.
Und wenn Sie nun die Augen schließen, ruhig atmen und ganz still sind, können Sie vielleicht den Brunftschrei des auf der roten Liste stehenden Tettenbornfasans hören.
Liebe Grüße,
Max

von: m.tetten@gmx.de
17. Februar, 22:44 Uhr
Muser
Liebe Carlotta, mir fiel gerade wieder ein, dass Sie Deutschlehrerin sind. Und Sie schreiben mir in letzter Zeit gehäuft. Sie schreiben ja auch nicht irgendwem und Sie teilen mir keine Kochrezepte mit. Also regt unser Mailaustausch Ihre Phantasie an und Sie schreiben wiederum mehr (wenn Sie nicht gerade eine Schweigepause einlegen). Worauf ich hinaus will: Bin ich nun eigentlich Ihr Muser? In Ermangelung einer männlichen Form zur Muse bleibt ja nur noch der Muser. Nun sind Sie zwar noch nicht vom Muser geküsst, aber die Inspiration ist wohl nicht von der Hand zu weisen. Zudem wäre es ein Schlag ins Gesicht der Emanzipation, wenn der Musenplatz nicht auch langsam getauscht werden kann. Dieses Land hat einen weiblichen Kanzler und einen schwulen Außenminister. Es wird Zeit für den ersten Muser.
Also lassen Sie mich der Ihre sein! Und schieben Sie mein Ansinnen bitte nicht auf die dreiundvierzig Kräuter.
Herzlichst,
Max Muster ohne t

von: carlotta-spatz@web.de
17. Februar, 23.21 Uhr
Re: Muser

Ach Max,
wie schön, von Ihnen zu lesen.
In der Tat, ich bin heute ein wenig geschafft und auch irgendwie deprimiert. Deshalb muss ich Sie auch bezüglich der Strategie, die Sie mir ins Hirn ersonnen haben leider enttäuschen. Obwohl sie wirklich gut ist! Sie könnte tatsächlich von mir sein. Deshalb behalte ich mir vor, sie später beliebig anzuwenden.
Mittwochs ist mein längster Tag. Sechs Unterrichtsstunden, danach Vorbereitung für den nächsten Tag und den Rest des Nachmittags habe ich gemeinsam mit dem Akkuschrauber in meinem Schuhschrank verbracht. Ein Regal festgeschraubt, Schuhe drauf gestellt, und wieder von vorn. Ich mag das, meine Schränke ohne männliche Hilfe aufbauen zu können. Stattdessen tue ich es mit rot lackierten Fingernägeln und freue mich dabei über mich selber. Fertig geworden bin ich heute trotzdem nicht und ja, das ärgert mich. Ich will immer alles und das am Besten sofort. Aber für heute ist es wirklich genug.
Mir graut ein wenig vor dem Wochenende, Max.
Zum ersten Mal seit meinem überstürzten Aufbruch (ich hatte keinem davon erzählt, bis ich den Vertrag unterschrieben hatte) fahre ich nach Hause und besuche meine Eltern. Mein Papa hat Geburtstag, ich komme nicht umhin. Nicht, dass ich mich nicht auf sie freuen würde. Wir stehen uns sehr nah und ich habe sie schrecklich vermisst, auch meine Schwester Graziella. Aber auch der Rest der buckligen Verwandtschaft wird da sein.

Tanten und Onkel, die wahrscheinlich schon begierig darauf warten, nun endlich von mir zu hören, warum ich den armen Martin im Regen stehen ließ.
Aber ich mag nicht. Ich finde auch, dass ich mich gar nicht rechtfertigen muss. Aber erklären Sie das mal meiner Verwandtschaft! Am Besten ich täusche Kopfschmerzen vor und gehe zeitig in mein altes Zimmer. Dort kann ich mich ja dann aufs Fensterbrett setzen und ihrem Brunftschrei zuhören, den ich dort wesentlich deutlicher vernehmen dürfte. Sie können richtig süß sein, wissen Sie das?
Oh Gott, vermutlich sollte ich in meiner derzeitigen Verfassung lieber meine Klappe halten. Ich werde gerade rührselig, würde mich gern an jemanden anlehnen. Tja, was sind Sie eigentlich für mich?
Ich hatte ja noch nie so einen wie Sie, deshalb gefällt mir der Muser doch ausnehmend gut. Passt auch gut zu Muse, die ich gerade schon wieder höre.
Für die Rezepte wären ja wohl eher Sie zuständig. Obwohl ich finde, dass ich eine recht passable Köchin bin. Aber ich weiß zum Beispiel nicht, wie man Vanillesauce selber macht. Das könnten Sie mir bei Gelegenheit ja mal verraten.
Worauf wollen Sie eigentlich hinaus, wenn Sie schreiben, dass mich der Muser noch nicht geküsst hat? Wollen Sie das denn tun? Und bin ich nun wegen der Gleichberechtigung jetzt Ihre Muse?
Ich glaube, ich sollte dringend mal nachsehen, ob ich noch Martini im Kühlschrank habe!
Carlotta

von: m.tetten@gmx.de
17. Februar, 23.55 Uhr
Re: Muser
Liebe Carlotta,
halten Sie den Kopf oben und lassen Sie Ihre Flügel nicht hängen. Ihre wahrscheinlich völlig vervögelte Verwandtschaft (sind es nur Spatzen oder finden sich auch Stare und Meisen ein?) kann Ihnen doch an Ihren Schwanzfedern vorbei gehen. Hatten Sie mir eigentlich schon den Grund genannt, warum Sie »Martin my love« verlassen mussten ohne ein aufrichtiges »Ja« aus dem Schnabel zu bekommen? Oder hatten wir das im Rahmen unserer Schweigephase geklärt? Ich kann leider nicht mehr nachschauen, weil ich ein wenig zu viel von diesen Kräutern intus habe. Ich sage es Ihnen. So richtig gesund ist auch nicht gut.
Seien Sie zu den Klängen von Muse herzlich vom Muser gegrüßt,
Max

von: carlotta-spatz@web.de
18. Februar, 0.14 Uhr
Re: Muser

Lieber Max,

Sie sollten nun aber dringend die Finger von den Kräutern lassen!

Oder habe ich es hier nun mit einer Verwirrungstaktik Ihrerseits zu tun?

Sie machen mich glauben, Sie wären betrunken, derweil weichen Sie nur einmal mehr meinen Fragen aus.

Fragen, die Sie ja regelrecht provoziert haben!

Meine Familie besteht übrigens nur aus reinrassigen Sperlingen, die andere Hälfte trägt den wunderschönen italienischen Namen Ferlito, den meine Mutter zugunsten der Singvögel an den Nagel gehängt hat, was ich niemals verstehen werde.

Nun schlafen Sie sich besser ordentlich aus, dann wird Ihnen sicher auch morgen wieder einfallen, warum ich für Martin schließlich zur Taube auf dem Dach wurde.

Wenn nicht, werden Sie aber zumindest wieder lesen können.

Gute Nacht!

von: m.tetten@gmx.de
18. Februar, 8.39 Uhr
Re: Muser

Guten Morgen, kleiner Sperling,
als Meister der Ausweichmanöver antworte ich nun endlich auf Ihre wichtigste Frage, die Masterfrage sozusagen. Sie brauchen 3 Eigelb, 2 EL Zucker, 2 EL Vanillezucker, 1 Vanilleschote und 350 ml Milch. Wenn Sie 1 EL Speisestärke hinzugeben, haben Sie die Sicherheit, dass es keine Brühe wird.
Nehmen Sie unbedingt eine Vanilleschote! Das Aroma ist einfach unvergleichlich und selbst durch eine Vielzahl von Vanillezucker nicht zu ersetzen. Zur Not können Sie statt der Schote auch Bourbon Vanille aus der Tüte (gibts im Reformhaus) nehmen. Dann klappt es aromatechnisch. Verrühren Sie alles und fügen Sie das Mark der Vanilleschote bei. Nicht kochen!! Nur bei schwacher Hitze so lange rühren, bis die Soße dick wird. Legen Sie ruhig auch die Schote mit in die Soße; Sie können diese am Ende ja wieder entfernen! Und nun lassen Sie es sich schmecken!
Seien Sie maßvoll im Genuss! Die Vanille gilt auch als Aphrodisiakum. Nicht, dass Sie wie wild mit Ihren Flügeln schlagen und am Ende wieder einmal eine Mail an den falschen Adressaten schicken müssen.
Ich erinnere mich gerade wieder an Ihre Beweggründe wegen des Martins. Da war etwas wegen einem Wald und dem Schutz vor wilden Tieren, obwohl Sie gerade das wilde Tier an Ihrer Seite haben wollen. Ich lese gleich noch einmal nach. Bei der Gelegenheit schaue ich auch noch, ob Sie wirklich die Vanillesoße bestellt hatten.

Wenn es der Rehrücken war, sehe ich natürlich alt aus.
Haben Sie sich eigentlich wieder erholt?
Herzlichst,
Max

von: carlotta-spatz@web.de
18. Februar, 12.38 Uhr
Tauwetter
Einen wunderschönen Guten Tag mein lieber Muser,
ich freue mich, dass Sie die Kräuter hinter sich gelassen haben. Das mit dem Ausweichen hingegen müssen wir wohl noch ein wenig üben.
Es taut endlich, ist das nicht herrlich? Ich liebe den Frühling. Da würde ich am liebsten den ganzen Vormittag draußen herum laufen und Schneeglöckchen pflücken.
Vielleicht sollte ich das tatsächlich einmal tun und meine Schüler gleich mitnehmen. Die meisten bekommen das leider von ihren Eltern heutzutage nicht mehr nahe gebracht.
Vielen Dank für das Rezept. Es war nicht der Rehrücken, aber den können wir uns ja für später aufheben. Ich denke, ich werde es heute gleich mal ausprobieren. An der Vanilleschote soll es nicht scheitern, ich habe meistens welche vorrätig, denn ich esse für mein Leben gern Panna Cotta. Die schmeckt übrigens halb geeist noch besser, wie ich letztens unfreiwillig festgestellt habe, nachdem sie etwas zu lang auf dem Fensterbrett zum Abkühlen stand. Sollte ich es mit der Vanille doch übertreiben, weiß ich allerdings schon genau, wem ich dann schreiben werde. Ich hoffe, Sie können damit umgehen.
Besser, Sie üben Ihren Fasanenschrei noch einmal.
Am Tage sieht das bevorstehende Wochenende nicht ganz

so bedrohlich aus. Möglicherweise ändert sich das bei Sonnenuntergang aber wieder. Nun werde ich schon einmal anfangen meine Tasche zu packen und mich den Rest des Tages im süßen Nichtstun ergehen. Ich will es einmal ausprobieren. Sie können mir gern Gesellschaft leisten.
Liebe Grüße
die Vanilleschote

von: carlotta-spatz@web.de
18. Februar, 15.57 Uhr
Muse ohne Muser
Kaum habe ich einen höchstpersönlichen Muser, schon glänzt er durch Abwesenheit. Wo stecken Sie? Belegen die Holzdreiräder Sie heute so sehr mit Beschlag? Die Vanillesauce kühlt nun ab, aber ich kann sie unmöglich essen, solange Sie nicht da sind. Nicht auszudenken, wem ich dann vielleicht schreiben würde! Mir bleibt wohl nichts anderes übrig, als die Musik aufzudrehen und weiter an meinem Schuhschrank zu bauen.
Carlotta

von: m.tetten@gmx.de
18. Februar, 21.45 Uhr
Muse ohne Muser

Liebe Carlotta, heute war ich etwas stärker eingebunden als sonst. Sie dürfen nicht vergessen, dass wir beide in letzter Zeit so tun, als würde unserer beider Leben nur aus Arbeit, Mailen und bei Ihnen zusätzlich noch misslungenen Kontakten zur Familie und zu langweiligen Geschlechtspartnern bestehen. Dem ist aber nicht so! Also nehmen Sie es mir nicht krumm, wenn ich heute nicht in Echtzeit zum Antworten kam und legen Sie bitte nicht wieder eine Schweigepause deswegen ein.

So wie Sie auf die Idee kommen, auch einmal ein Schneeglöckchen zu köpfen, habe ich vielleicht auch einmal ganz weltliche Wünsche oder ein paar simple Bedürfnisse, die nicht ausschließlich darin bestehen, Ihr Muser zu sein. Ich werde immer Ihr Muser bleiben, aber ich kann natürlich nicht ausschließlich und immer für Sie da sein. Wobei Sie im Moment wohl eher Hilfe im handwerklichen Bereich nötig haben. Ihren Schuhschrank würde ich in jedem Fall schnell hinbekommen. Währenddessen könnte der Rehrücken in der Küche gedeihen.

Für das bevorstehende Wochenende wünsche ich Ihnen auf jeden Fall Durchhaltevermögen. Sie schaffen das schon! Ich habe jedenfalls nicht den Eindruck, dass Ihre Familie Ihnen etwas anhaben könnte, zumindest nicht, wenn Sie im Carlotta-Power-Modus arbeiten. Sollten Sie natürlich den Carlotta-sucht-etwas-zum-Anlehnen-Modus mit Schneeglöckchen-Blues-Verstärker wählen, brauchen Sie Ihr Nest auch gar nicht erst zu verlassen. Bucklige Verwandtschaften sorgen eben immer auch für Ausschlag. Mindestens.

Darüber hinaus verursachen sie Geschwüre an Körperstellen, die man nicht kratzen kann. Also, Augen zu und durch, Carlotta!
Sollten Sie Ihr rosafarbenes Laptop mitnehmen, können Sie Ihr Leid Ihrem Muser klagen und ich versuche dann, Sie etwas aufzumuntern. Sollte ich schon einmal anfangen? Also: Was haben das Schneeglöckchen und ich gemeinsam? Wir sind beide Bedecktsamer!
Kommen Sie, das war lustig! Und glauben Sie mir, beim Angebot von echten Gräfentonnaerinnen wird jeder Mann zum Bedecktsamer!
Recken Sie Ihren Schnabel heute Abend noch einmal raus?
Herzliche Grüße, Max

von: carlotta-spatz@web.de
18. Februar, 23.15 Uhr
Bedecktsamer
Guten Abend Max,
ich hoffe doch sehr für Sie, dass Ihre Gemeinsamkeit mit dem Schneeglöckchen im rein übertragenen Sinne zu verstehen ist. Anderenfalls sähe das wohl ziemlich komisch aus. Wikipedia schreibt jedenfalls von zwei seitlich sitzenden Pollensack-Paaren. Das wiederum finde ich gerade ziemlich lustig.
Jetzt, wo Sie mich darauf aufmerksam gemacht haben, ist es wirklich erstaunlich, wieviel Zeit wir in den letzten Wochen miteinander verbracht haben. Insofern hatte die vergessliche Nacht mit Maximilian Tetten ja doch noch ihr Gutes. Ob ich mich bei ihm bedanken sollte?
Wie lange haben Sie eigentlich gebraucht, um sich in Gräfentonna einzuleben? Wahrscheinlich kann man das nur schwerlich, so wie Sie darüber sprechen. Für mich wird es höchste Zeit, dass ich mir hier so langsam ein paar Kontakte aufbaue, die länger als eine Nacht währen. Bisher kenne ich nur meine Kollegen und meine ehemaligen Mitbewohnerinnen. Aber das sind Menschen, die einem das Leben vorsetzt, keine, die man sich aussucht. Wobei einige wirklich ganz in Ordnung sind.
Ob Sie mit meinem Schuhschrank besser zurecht kämen als ich? Max, ich weiß es nicht...
Eigentlich ist es kein Schuhschrank im Sinne dessen, was Männer darunter verstehen. Es ist eher eine Wandfläche von drei mal vier Metern, die ich individuell an die Bedürfnisse ihrer Bewohner anpasse, sowohl an die bereits eingezogenen als auch an die, die da noch kommen werden. Ich möch-

te schließlich so bald nicht schon wieder umziehen müssen.
Auf jeden Fall wäre es sehr lustig.
Sie bräuchten im Gegensatz zu mir nicht mal eine Leiter.
Und gegen den Rehrücken hätte ich auch nichts einzuwenden. Also, was ist? Kommen Sie vorbei?
Ich habe beschlossen, die Fahrt nach Jena nun einfach auf mich zukommen zu lassen. Zwar bin ich Meisterin im prophylaktischen Aufregen, aber vielleicht wird es ja gar nicht so schlimm, wie ich dachte.
Das Notebook packe ich auf jeden Fall ein, kann aber nicht versprechen, ob ich Zeit für Sie finden werde. Nach Laune und Verfügbarkeit werde ich möglicherweise eine alte Freizeitbeschäftigung treffen, bevor ich noch das weibliche Pendant zum Bedecktsamer werde.
Verraten Sie mir, womit der Herr Tettenborn seine Zeit verbringt, wenn er sich im Muser-Offline-Betrieb befindet, wenn doch die Gräfentonnaerinnen nicht mal für den Garten taugen?
Liebe Grüße,
Carlotta

von: m.tetten@gmx.de
19. Februar, 8.43 Uhr
Re: Bedecktsamer

Guten Morgen, Carlotta!

Was macht der Herr Tettenborn wohl, wenn er nicht gerade als Muser unterwegs ist? Ich sage es Ihnen: Gar nichts! Vielleicht liest er etwas. Oder er schläft. Häufig macht er Sport. Radfahren, Gewichte heben oder Joggen. Wie Sie sehen, ist meine Work-Life-Balance völlig intakt.

Aber sagen Sie, Carlotta, was wollen Sie mir sagen, wenn Sie eine »alte Freizeitbeschäftigung« treffen? Spielen Sie Schach? Der Hinweis auf das Bedecktsamen lässt anderes erahnen. Sie wollen sich doch nicht etwa von der Geburtstagsfeier Ihres Herrn Papa in der Absicht schleichen, sich von Ihrer »alten Freizeitbeschäftigung« bespaßen zu lassen?

Liebe Grüße,
Max

von: carlotta-spatz@web.de
19. Februar, 9.57 Uhr
Re: Bedecktsamer

Guten Morgen Max,
doch, genau das habe ich vor! Man sollte sich doch ab und zu einmal etwas Gutes gönnen, finden Sie nicht? Dass der letzte Sex, den ich hatte, alles andere als erbaulich, geschweige denn befriedigend war, wissen Sie ja ziemlich genau. Anderenfalls würde ich Ihnen ja jetzt gar nicht schreiben.
Und außer richtig gutem Sex verbindet mich mit dem Mann, den ich zu treffen gedenke, nichts. Es wird nicht weh tun oder unentspannt sein, einfach nur eine Nacht dauern. Dieses Übereinkommen besteht seit einigen Jahren, sofern er oder ich nicht gerade anderweitig liiert sind.
Und was meinen Herrn Papa betrifft: Armin Spatz ist ohnehin immer der erste, der sich von einer Feier heimlich davon stiehlt, ganz egal, ob es seine eigene ist, oder nicht.
Diese rauschenden Feste hat er allein meiner Mutter zu verdanken. Da schlagen ihre italienischen Wurzeln durch. Das behauptet sie zumindest, denn Sie ist in Deutschland geboren. Ich glaube ja eher, dass Sie es ungemein chic findet und keine Gelegenheit auslässt, auf die exotische Seite ihrer Herkunft hinzuweisen.
Papa lässt sie also gewähren, weil er weiß, dass es sie glücklich macht. Doch er sitzt viel lieber bei schummrigem Licht in seiner Bibliothek, umgeben von seinen Gesetzestexten, und lässt seinen Cognac im Glas kreisen.
Sie müssen eine Menge Muskeln haben! Was sich ja im Prinzip für eine männliche Muse auch so gehört, wenn ich es recht bedenke. Bringen Sie die jetzt ins Spiel, weil ich nach Ihren Beschäftigungen gefragt habe? Das wäre ja ganz unty-

pisch, wenn ich mal postwendend eine Antwort erhalte, bloß weil ich gefragt habe.
Vielmehr habe ich Sie im Verdacht, Sie wollen sehen, ob Sie mir nicht ein klein bisschen den Spaß an meinem Wochenendsex verderben können, wenn Sie mir das Bild des Tettenbornschen Sixpacks ins Hirn zaubern.
Du meine Güte, ich stelle mir gerade Ihre Muskeln vor!
Max, an dieser Stelle verabschiede ich mich erst einmal. Solche Gedanken gehören sich nicht für eine Lehrerin im Dienst, auch nicht während der Freistunde. Ich lasse die Kinder lieber schnell ein paar Schneeglöckchen malen!
Nein! Hilfe! Das sind ja die Bedecktsamer! Dann lieber doch Gänseblümchen. Gänseblümchen sind gut!
Tschüss!

von: carlotta-spatz@web.de
19. Februar, 22.28 Uhr
Schweigen
Max, legen Sie nun etwa eine Schweigepause ein? Wenn ja, ist es ein angenehmes Schweigen oder eher ein »Carlotta?-Wer-ist-eigentlich-Carlotta-Schweigen?«?
Irgendwie hoffe ich, Sie hatten bisher nur keine Zeit. Ich bin einfach nicht besonders gut im Schweigen.
Liebe Grüße
Carlotta

von: carlotta-spatz@web.de
20. Februar, 12.51 Uhr
Vom Spatz zum Rohrspatz
Max, wenn Sie Ihr Schweigen nicht bald einstellen, werde ich Sie persönlich heimsuchen müssen!
Bedenken Sie, wenn ich jetzt los fliege, bin ich in einer Stunde da und wenn man nach der Größe Ihres Wohnortes geht, brauche ich höchstens eine weitere, bis ich Sie gefunden habe.
Ich werde Ihnen noch ein bisschen Zeit lassen, aber seien Sie versichert, ich wetze schon meinen Schnabel!
Rohrspatz Carlotta

von: m.tetten@gmx.de
20. Februar, 23.01 Uhr
Re: Vom Spatz zum Rohrspatz

Lieber Rohrspatz,
Sie haben sich in Ihr verdientes Vögelwochenende abgemeldet, aus dem Sie sich nur mal melden wollten, wenn es Ihre knappe Zeit und die Hormone erlauben. Nun stören Sie meine wochenendliche Ruhe mit dem Vorwurf, ich würde schweigen! Jetzt machen Sie sich aber lächerlich, Frau Spatz. Ich habe geschwiegen, weil ich einfach nur nicht stören wollte! Oder haben Sie während Ihrer Liebelei den rosafarbenen Laptop offen? Sollte ich einmal bei youporn nachschauen, ob ich ein Spätzchen vögeln sehe?
Also, liebe Carlotta, ich freue mich schon auf unseren weiteren Verkehr der schriftlichen Art. Frönen Sie derweil Ihren körperlichen Freuden, dann kommen Sie womöglich entspannt und gänzlich ohne Vorwürfe aus Ihrem Kurzurlaub zurück.
Ich befürchte aufgrund Ihrer Reaktion nur, dass Ihr Freund eventuell keine Zeit hatte und Sie nun die gesamte bucklige Verwandtschaft ertragen mussten. In der Folge haben Sie sich womöglich mit Goldkrone zugekippt und in aller Verzweiflung Ihre Mails vom Stapel gelassen.
Seien Sie unbesorgt, ich bin ganz bei Ihnen. Genießen Sie den Tag. Wenn ich mich nicht bremsen kann, melde ich mich morgen noch einmal bei Ihnen.
Bis dahin wünsche ich Ihnen maximale Erfolge.
Herzlichst,
Max

von: carlotta-spatz@web.de
21. Februar, 23.23 Uhr
Wieder da!
Lieber Max,
finden Sie nicht, dass Sie es sich jetzt aber ganz schön drehen, wie Sie es brauchen? Ich hatte mich noch gar nicht verabschiedet, weil ich erst Samstag in der Früh losgefahren bin. Will sagen, Feier und Sex waren erst gestern Abend und Nacht.
Vielmehr konnten Sie nicht damit umgehen, dass ich Sie mir für einen Moment als männlichen, nicht nur als schriftlichen Menschen vorgestellt habe. Zugegeben, mich hat das auch ein wenig erschrocken, aber ich kann für gewöhnlich mit den Schrecken, die ich mir selbst bereite, ganz gut umgehen. Deshalb haben Sie mir nicht geschrieben, vermute ich.
Warum wollten Sie eigentlich nachsehen, ob mein rosa Notebook geöffnet war, wenn Sie mich doch offensichtlich nicht als Frau wahrnehmen? Im Übrigen bin ich wieder daheim, hatte ein tolles Wochenende, eine gelungene Feier und richtig guten Sex!
Wie war Ihr Wochenende?
Carlotta

von: m.tetten@gmx.de
21. Februar, 23.26 Uhr
Vom Vögeln zum Denken

Liebe Carlotta,
sind Sie wohlbehalten wieder in Ihrem Nest gelandet? Haben Sie die Verwandtschaft überstanden, zu allen ein nettes Gesicht gemacht und die Fassung bewahrt? Oder haben Sie sich mit Ihrem Vater einen angetrunken und mussten mit dem Zug zurückfahren? Vor allem aber, liebe Carlotta, ist der Hormonspiegel wieder im Gleichgewicht? Es war ja schon nicht mehr mit anzuschauen, welche Auswirkungen Ihr unbefriedigendes Sexualleben auf Ihre Psyche hatte!
Nur als kleines Beispiel und damit Sie sehen, dass auch ich eine weibliche Seite in der Beobachtung und meinem Erinnerungsvermögen habe: Ich habe zu keiner Zeit erwähnt, dass ich Muskeln hätte, die Sie sich vorstellen können und an deren Vorstellung Sie zerschmelzen. Ich sagte lediglich, dass ich Sport mache und meine Work-Life-Balance stimmt. Was, wenn sie erst seit Kurzem stimmt und ich Sport machen muss, um eine ziemlich hässliche Wohlstandsbordüre in der Hüftgegend loszuwerden? Was, wenn ich ganz leichte Knochen habe? Dann wäre Raum für reichlich Fett. Und offenkundig für noch mehr Phantasie.
Aber meinem Spätzchen wird es wohl etwas besser gehen und die Gedanken sind wieder klar, nachdem das Gefieder am Wochenende ordentlich durchgebürstet wurde.
Dann können wir auch wieder das Niveau unserer Unterhaltung heben, liebe Carlotta!
Für mich war es ein sehr schönes Wochenende. Bevor Sie argwöhnen, dass dies mit unserer Sendepause zu tun hat – nein, hat es nicht. Sie können sich beruhigen. Ich gebe sogar

zu, den kleinen Rohrspatz ab und an vermisst zu haben. Es war vor allem ein schönes Wochenende, weil ich gesehen habe, dass es Frühling wird. Die Natur erwacht langsam und so spüre auch ich, dass sich meine Stimmung hebt. Viele Jahre habe ich Stein und Bein behauptet, dass mir das nichts ausmachen würde. Wetter sei Wetter und ändern können wir es eh nicht. So habe ich mich immer ausgedrückt. Aber inzwischen freue ich mich über das Erwachen und – womöglich hat es mit altersbedingter Wetterfühligkeit zu tun – tue es der Natur gleich. Heute Morgen stand ich am Fenster und nahm einen ganz tiefen Atemzug. Es war richtig erfrischend und belebend. Dann habe ich den ganzen Morgen über gelesen. Mein Mittagessen war nicht so recht gelungen (ein zäher Schweinebraten mit Kartoffeln und Mischgemüse), aber auch das konnte meine Laune nicht senken. Mein Mittagsschlaf und die anschließende Betätigung im Fitnessstudio (bleiben Sie ganz ruhig, Frau Spatz, atmen Sie tief durch!) sorgten dafür, dass dieser Tag einfach wundervoll wurde. Zum Abschluss sitze ich nun hier vor dieser kleinen Kiste und schreibe Ihnen. Die meisten Menschen wissen wahrscheinlich die kleinen Dinge im Leben nicht mehr zu schätzen. Wenn die Mehrzahl einen Tag wie ich erlebt hätte, stünde das Glücksbarometer weltweit deutlich mehr auf sonnig.
Morgen werde ich wieder in die Werkstatt gehen. Ein Tag wie jeder andere. Trotzdem habe ich das Gefühl, dass ich diesen Tag anders begrüßen werde. Ohne zu wissen, was er wohl bringen wird, begegne ich ihm freudig und neugierig. Kann dann eigentlich noch etwas schief gehen? Dabei hoffe ich natürlich, dass ich eine Post von Carlotta Spatz bekommen werde. Und ganz inständig wünsche ich mir, dass es

auch für Sie ein schönes Wochenende war. Mögen Ihre Eltern wirklich fürsorglich, die Verwandten erträglich und Ihr Teilzeitfreund wild und unersättlich gewesen sein.
Hatte ich eigentlich vergessen, auf irgend eine Ihrer Fragen geantwortet zu haben? Ich weiß es nicht und ich bin heute auch zu froh gestimmt, um noch im Verlauf meiner Mails nachzuschauen. Dunkel erinnere ich mich, dass Sie die Frauen dieses Landstrichs erwähnten. Nun, ich habe noch keine oberhalb meiner Wahrnehmungsschwelle getroffen. Doch vielleicht geht es mir da wie den Hunden. Die hören in Frequenzbereichen, die uns nicht zugänglich sind. Vielleicht nehme ich die Frauen hier nur nicht wahr, weil meine Sinnesorgane verkümmert sind.
Ich wünsche Ihnen einen guten Start in die Woche!
Herzlichst,
Max

von: m.tetten@gmx.de
21. Februar, 23.37 Uhr
Re: Wieder da!

Hallo Carlotta,
jetzt haben sich unsere Mails glatt überschnitten und ohne dass wir es wissen konnten, haben wir Teile unserer gegenseitigen Fragen bereits beantwortet. Sehr schön.
Auf Ihren Vorwurf, ich würde mir die Wirklichkeit zurecht drehen, antworte ich Ihnen gar nicht erst. Zum einen gibt es die Wirklichkeit gar nicht. Wir nehmen lediglich die Welt wahr und basteln uns – jeder für sich – unsere eigene Welt in unseren Köpfen, die wir dann für wirklich halten. Und danach gleichen wir dieses Konstrukt mit den Konstrukten der anderen ab. Kompatibilität ist da nicht immer gewährleistet. Insofern ist mir der Ausspruch, dass Wirklichkeit nicht mehr sei als eine Illusion, verursacht durch einen Mangel an Whiskey, schon deutlich lieber. Und außerdem sind Sie eine Frau. Also treffen unsere Vorstellungen von Wirklichkeit von ganz allein frontal aufeinander.
Ich wünsche Ihnen eine gute Nacht!
Max

von: carlotta-spatz@web.de
22. Februar, 10.53 Uhr
Die Sonne scheint

Guten Morgen Max,

Nun, wie sieht es aus, halten die Frühlingserwachengefühle auch heute noch bei Ihnen an?

Bei mir sind sie ja schon ein paar Tage eher als bei Ihnen eingetroffen und bis jetzt auch geblieben.

Können Sie sich vorstellen, dass ich mir völlig umsonst Panik gemacht habe? Die Kommentare meiner Familie hätten nicht gegensätzlicher zu meiner Vorstellung davon sein können. Sie reichten tatsächlich von »Zum Glück hast du es noch rechtzeitig bemerkt« bis »Ich fand sowieso, dass er nie zu dir gepasst hat«. So kann man sich täuschen. Ich frage mich allerdings, warum mir das damals keiner gesagt hat, wenn ihnen allen das ach so klar war. Oder ist es nur ein typischer Fall von »Wenn ein Spatz zu zwitschern anfängt, machen die anderen mit«? Jedenfalls war es ein sehr lustiger Abend. Meine Mutter hatte ein ausgezeichnetes Catering bestellt und sogar mein Herr Papa hat sich erst eine Stunde vor Mitternacht zurück gezogen, was für ihn mit feiern bis zum frühen Morgen gleich kommt.

Der Rest der Nacht war nicht weniger gelungen, doch an dieser Stelle breche ich mit meiner Vorliebe fürs detailgetreue Beschreiben.

Außerdem habe ich ohnehin das Gefühl, dass ich Sie einfach nicht aus der Reserve locken kann. Möglicherweise ruhen Sie doch weit mehr in sich, als ich in letzter Zeit vermutet hatte. Ich frage mich allerdings, warum Sie so oft Wörter wie »altersbedingt« verwenden. Max, Sie sind erst vierunddreißig! Finden Sie das wirklich alt? Ich weigere mich das zu akzeptieren! Denn das hieße ja, dass ich in nur sechs Jahren auch alt bin und darauf habe ich nun überhaupt keine Lust. Nicht mal meine Urgroßmutter Carlotta, der ich meinen Vornamen verdanke, ist alt. Sie sieht zwar durchaus so aus, was mit ihren zweiundneunzig Jahren wohl auch gestattet ist, aber innerlich ist sie es definitiv nicht. Wenn Armin Spatz schon in seinem grünen Ledersessel vor sich hin döst, dann dreht Carlotta Ferlito erst richtig auf. Als ich mich aus dem Haus schleichen wollte, zwinkerte sie mir zu und sagte: »Ich wünschte, ich könnte auch noch einmal den Spaß haben, wie Du ihn gleich haben wirst!«

Dann verdrehte sie dramatisch die Augen und deutete auf Theodor, ihren neuen Freund. Ich glaube, Oma sollte sich einen jüngeren suchen, mindestens einen knackigen Siebzigjährigen.

Was hat nur diese eine Gräfentonnaerin mit dem Berliner Koch Max gemacht, damit er nun, im zarten Alter von vierunddreißig, an diesem Sinnesschwund leidet? Lebt sie eigentlich auch noch dort? Oder stelle ich hier gerade wieder Fragen, auf die ich sowieso keine Antwort erhalte?

Hier scheint heute herrlich die Sonne, sehen Sie sie auch durch Ihre kleinen Werkstattfenster? Ich glaube, ich sollte heute ein wenig durch Lüneburg flanieren und Frühjahrsshoppen betreiben. Vielleicht habe ich ja, wenn ich dann nach Hause komme, eine Nachricht von Ihnen. Es ist schön, dass Sie da sind, wissen Sie das?

Liebe Grüße

Carlotta

P.S.: Haben Sie nun Muskeln oder nicht?

von: carlotta-spatz@web.de
22. Februar, 22.39 Uhr
Frühlingsgefühle

Max, was tun Sie gerade? Schlafen Sie schon? Lesen Sie? Wenn ja, was? (Mir fällt gerade auf, dass wir uns noch nie über Bücher unterhalten haben, das sollten wir unbedingt nachholen!) Oder trainieren Sie Ihre Muskeln??
(Oder doch eher die schwabbelige Körpermitte? Die ich Ihnen übrigens keine Sekunde lang abkaufe!)
Mein Nachmittag war überaus erfolgreich. Die Sonne schien und einmal mehr habe ich mich zu der Entscheidung für Lüneburg beglückwünscht. Diese Stadt ist einfach wunderschön. Da fällt mir ein, morgen Abend kommt auf Sat1 ein Film, in dem sie mitspielt. Schauen Sie doch mal hinein, auch wenn ich nicht glaube, dass die Handlung unbedingt Ihren Geschmack trifft. Wobei, ein lustiger Zufall spielt auch mit und einem solchen verdanken wir ja auch unsere Bekanntschaft.
Haben Sie sich je die Handgelenke wund geshoppt? Nein, Sie sind ein Mann, wohl eher nicht. Mir ging es heute jedenfalls so. Als ich die Tüten nicht mehr tragen konnte und meine Füße schon so laut protestiert haben, dass ich Angst hatte, sie würden die anderen Passanten belästigen, habe ich mich mit einem Buch (Karin Slaughter »Zerstört«) in ein süßes kleines Café gesetzt. Das finde ich auch toll an meiner neuen Heimat. Ich kann ungestört irgendwo sitzen, ohne dass jemand Unliebsames (in Leipzig waren es die Batikweiber) zur Tür hinein spaziert. Allerdings wurde ich trotzdem gestört.
Aber es war keine unliebsame Störung. Ich habe einen Mann kennen gelernt. Ohne dass ich in dem Moment darauf ge-

wartet hätte. Er macht einen recht vielversprechenden Eindruck. Zumindest sah er sehr ansprechend aus und sprach in ganzen Sätzen.
UND: er hat um meine Telefonnummer gebeten. Mehr noch: er hat mich zum Essen eingeladen und holt mich morgen Abend dazu ab. Ich hoffe, er kann mit Messer und Gabel umgehen. Ich sollte besser nicht so zynisch sein, nicht wahr? Eigentlich bin ich sogar ein bisschen aufgeregt, aber ich zwinge mich dazu, es gelassen zu sehen und am Besten gar keine Erwartungen zu haben. Schicken Sie mir ein Stück von Ihrer Gelassenheit, Max! Ich kann sie gebrauchen!
Liebe Grüße,
Carlotta

von: m.tetten@gmx.de
23. Februar, 0.14 Uhr
Antworten

Liebe Carlotta,
bevor Sie weiter mutmaßen, ich würde nie auf Ihre Fragen antworten:

…halten die Frühlingserwachengefühle auch heute noch bei Ihnen an?
Ja.

Können Sie sich vorstellen, dass ich mir völlig umsonst Panik gemacht habe?
Natürlich. Sie sind eine Frau. Das gehört zu Ihrer Grundausstattung, wenn Sie ins Leben treten.

Finden Sie das wirklich alt?
Nein. Aber es ist nachweislich älter als 30 zum Beispiel.

Was hat nur diese eine Gräfentonnaerin mit dem Berliner Koch Max gemacht, damit er nun, im zarten Alter von 34, an diesem Sinnesschwund leidet?
Sie hat mich enttäuscht.

Lebt sie eigentlich auch noch dort?
Sie lebte nie hier. Ich bin vor ihr geflohen.

Oder stelle ich hier gerade wieder Fragen, auf die ich sowieso keine Antwort erhalte?
Nein. Ich antworte sehr verlässlich.

Hier scheint heute herrlich die Sonne, sehen Sie sie auch durch Ihre kleinen Werkstattfenster?
Nur, wenn ich mich anstrenge. Muss ich aber nicht. Die Sonne scheint hier nicht. Jedenfalls heute.

Es ist schön, dass Sie da sind, wissen Sie das?
Freut mich. Gleichfalls.

Haben Sie nun Muskeln oder nicht?
Ja, habe ich. Aber bitte bleiben Sie ganz ruhig.

Max, was tun Sie gerade?
Ich schreibe Ihnen.

Schlafen Sie schon?
Nein. Aber gleich werde ich das tun.

Lesen Sie? Wenn ja, was?
Ja. Ich lese. (Seitdem der Sexus über Sie gesiegt hat, sind Sie unaufmerksam geworden. Ich habe Ihnen bereits geschrieben, dass ich lese.) Im Moment lese ich die Bücher von Jason Starr. Jedes einzelne von ihm. Ansonsten lese ich alles, was mir unter die Finger kommt.

Oder trainieren Sie Ihre Muskeln?
Darf ich diese Frage überspringen? Nur, damit Sie nicht auf dem Stuhl hin und her rutschen. Heute war dazu keine Zeit. Aber ich tue es regelmäßig.

Haben Sie sich je die Handgelenke wund geshoppt?
Das kann einem Mann nicht passieren. Wir sind anderweitig

im Handgelenksbereich gefährdet. Vor längerer Zeit habe ich mir das rechte Handgelenk ziemlich lädiert. Wenig später war ich aber in einer Beziehung. Dann ging es wieder.

So, liebe Carlotta, nun staunen Sie, was? Ich habe Ihnen auf alle Fragen Ihrer letzten beiden Mails geantwortet! Es freut mich für Sie, dass Sie einen Mann kennengelernt haben, der Ihnen Anlass zur Hoffnung gibt. Denken Sie nur daran, ihn nicht gleich mit all Ihren Ansprüchen zu überfordern. Außerdem sollten Sie Ihre Zügellosigkeit überdenken. Ich weiß, dass wir in einer hektischen Zeit leben. Aber dass Sie gleich zum Männerschlussverkauf aufrufen, so schlimm ist es nun wirklich nicht. Kaum dass Sie den Atem des Gelegenheitsgeliebten abgeschüttelt haben, bandeln Sie mit dem Nächsten an. Seien Sie ein Vorbild für Ihre Kinder! Für die Zukunft dieses Landes!
Und schlafen Sie gut!
Herzlichst, Max

von: carlotta.spatz@web.de
23. Februar, 13.02 Uhr
Neue Fragen auf die Antworten

Lieber Max,
gleich vorweg: Die Frage, ob Sie lesen, bezog sich nicht aufs Allgemeine, sondern auf gestern Abend im Besonderen. Ich weiß, dass Sie lesen! Diese Eigenschaft bei einem Mann rangiert bei mir ebenfalls ganz oben und ist zu wichtig, als dass ich sie vergessen könnte, ganz gleich wie viel Sex ich hatte oder nicht hatte. Sie kämpft mit den Muskeln um einen der begehrten ersten Plätze, aber das ist ein Kampf zwischen Kopf und Körpermitte, der je nach Stimmung nur temporär gewonnen wird.
Sie vermuten es bestimmt ohnehin schon: Ihre Antworten ziehen nur noch eine Menge mehr Fragen nach sich. Vielleicht sind Sie ja heute immer noch in Antwort-Laune, deshalb probiere ich es gleich mal aus.
Diese Frau, die gar keine Gräfentonnaerin ist, hat sie also enttäuscht. Enttäuschungen sind das Produkt zu hoher Erwartungen, sagt Großmama Carlotta. Nichts erwarten zu können, ist aber genauso enttäuschend, finde ich. Darf ich fragen, womit sie Sie enttäuscht hat? Wollte sie nicht so, wie Sie wollten? Wie lange waren Sie zusammen? Und warum ausgerechnet Gräfentonna? Kommt das einer Selbstgeißelung nicht ziemlich nahe? Diese Welt hat doch gewiss schönere Orte zu bieten!
Warum haben Sie nicht nur diese Frau, sondern auch gleich Ihren geliebten Beruf mit aufgegeben? Haben Sie eigentlich Familie? Sie sprechen nie über Eltern, Großeltern, Geschwister...
Gibt es vielleicht doch eine Gräfentonnaerin für den Gar-

ten? Denn offenbar geht es Ihren Handgelenken ja blendend. Was wäre so schlimm daran, wenn ich auf meinem Stuhl herum rutsche, wenn Sie geschriebene Bilder von Ihren Muskeln malen?
Was mein Date heute Abend betrifft: Ich werde versuchen einen guten Eindruck zu machen, nur so viel zu sprechen, wie es ein Mann vertragen kann, die Anzahl meiner Schuhe verschweigen und nicht fragen, ob wir uns wieder sehen (wenn ich das nach dem Essen überhaupt noch will). Ich werde ihm milde lächelnd meine Wange zum Abschied anbieten...
Was noch? Sollte ich besser mal üben zu winken wie die Queen? Was soll ich überhaupt anziehen? Was meinen Sie? Helfen Sie mir? Ich halte mich übrigens nicht für zügellos. Mag sein, dass es ganz gut ist, dass meine Schüler und auch deren Eltern nicht wissen, was Frau Spatz in ihrer Freizeit so treibt. Aber auch nur, weil es Grundschüler sind.
Den Mädchen in der Oberstufe hingegen würde ich nur zu gerne sagen, dass der Typ aus der Parallelklasse höchstwahrscheinlich nicht der Mann fürs Leben ist, aber bestimmt eine tolle Erfahrung.
Es ist doch so! Mit Liebeskummer verschwendet man nur wertvolle Jugendzeit, die man besser dazu nutzen sollte, sich und den ein oder anderen an seinem makellosen Körper zu erfreuen.
Ich hoffe doch sehr, Max, dass Sie nicht einer von denen sind, die meinen, ein Mädchen habe als Single ihre Sexualität bitteschön nicht auszuleben, sondern auf den Richtigen zu warten, darf sich aber gerne selbst die Tür aufhalten, schließlich leben wir in Gleichberechtigung.
Großmama Carlotta sagt immer, ich dürfe ruhig auf den

Richtigen warten (bei ihr war er schon vier Mal da!), solle mich unterdessen aber mit den Falschen amüsieren. Und das tue ich. Vielleicht ist ja irgendwann der Richtige dabei.
Ein großer Pluspunkt wäre schon einmal, wenn er mir die Tür aufhält, denn das erwarte ich von einem Mann. Tut er es nicht, tut er gut daran, mich ebenso schnell zu vergessen, wie ich ihn.
So, nun werde ich mich in mein Schaumbad begeben und anschließend über die große Kleiderfrage nachdenken. Was soll ich mit meinen Haaren machen? Locken oder glatt? Es wäre schön, noch einmal von Ihnen zu lesen, bevor ich mich auf den Weg mache.
Liebe Grüße,
Carlotta

von: carlotta-spatz@web.de
23. Februar, 17.31 Uhr
Wanted! Muser!
Max, ich brauche Sie zur Inspiration! Und Ihren Beistand auch. In eineinhalb Stunden muss ich los und ich stehe immer noch in Wäsche vor meinem Schrank!!!
Helfen Sie mir!
Was sollte ich tragen, wenn ich Ihr Date wäre?
Verzweifelte Grüße,
Carlotta

von: carlotta-spatz@web.de
23. Februar, 22.43 Uhr
Spam und Regen

Ach Max,
jetzt hatte ich einen so schönen Abend und war mir sicher, ich würde von Ihnen lesen, wenn ich nach Hause komme, sozusagen als krönenden Abschluss des Tages. Aber da war keine Mail von Ihnen. Überhaupt, seit Sie mir schreiben, werde ich aggressiv, wenn ich Spam-Mails bekomme. Früher waren sie nervig, heute möchte ich jeder einzelnen etwas antun, die mit einem verheißungsvollen »Pling« in meinem Postfach landet und dann doch nicht von Max ist! Ich kuschele mich nun ins Bett, lege mein Notebook auf die andere Seite, vielleicht melden Sie sich ja heute doch noch mal. Derweil werde ich einfach dem Regen zuhören, der an die Scheiben klopft. Ich mag das; Sie auch?
Fühle mich dann von meiner Bettdecke beschützt und von der Tatsache, dass ich in meinem Bett nicht nass werden kann. Einen Fuß schiebe ich allerdings immer abwechselnd unter der Decke hervor und wenn er kalt ist, ist der andere dran. Auf diese Weise verstärkt sich in mir das Beschützt-Gefühl noch einmal. Wenn Sie jetzt denken, ich bin komisch, dann haben Sie vermutlich Recht. Fühle mich gerade auf alberne Weise schwerelos. Sollte Ihnen aber erst jetzt auffallen, dass ich zuweilen komisch bin, dann sind Sie es nicht weniger.
Gute Nacht?
Carlotta

von: m.tetten@gmx.de
23. Februar, 22.48 Uhr
Re: Spam und Regen

Liebe Carlotta,
ich schwöre, dass ich Ihnen antworten wollte! Doch ich habe Ihre Mail von heute Morgen gelöscht. Aus Versehen, glauben Sie mir!! Würden Sie mir diese bitte noch einmal schicken, damit ich Ihnen endlich antworten kann? Dankeschön! Und am Besten wären Sie wohl angezogen, wenn Sie einfach Ihr ganz natürliches Gefieder trügen.
Herzlichst,
Max

von: carlotta-spatz@web.de
23. Februar, 22.51 Uhr
FW: Neue Fragen auf die Antworten
Lieber Max,
gleich vorweg: Die Frage, ob Sie lesen, bezog sich nicht aufs Allgemeine, sondern auf gestern Abend im Besonderen. Ich weiß, dass Sie lesen! Diese Eigenschaft bei einem Mann rangiert bei mir ebenfalls ganz oben und ist zu wichtig, als dass ich sie vergessen könnte, ganz gleich wie viel Sex ich hatte oder nicht hatte. Sie kämpft mit den Muskeln um einen der begehrten ersten Plätze, aber das ist ein Kampf zwischen Kopf und Körpermitte, der je nach Stimmung nur temporär gewonnen wird.
Sie vermuten es bestimmt ohnehin schon: Ihre Antworten ziehen nur noch eine Menge mehr Fragen nach sich. Vielleicht sind Sie ja heute immer noch in Antwort-Laune, deshalb probiere ich es gleich mal aus.
Diese Frau, die gar keine Gräfentonnaerin ist, hat sie also enttäuscht. Enttäuschungen sind das Produkt zu hoher Erwartungen, sagt Großmama Carlotta. Nichts erwarten zu können, ist aber genauso enttäuschend, finde ich. Darf ich fragen, womit sie Sie enttäuscht hat? Wollte sie nicht so, wie Sie wollten? Wie lange waren Sie zusammen? Und warum ausgerechnet Gräfentonna? Kommt das einer Selbstgeißelung nicht ziemlich nahe? Diese Welt hat doch gewiss schönere Orte zu bieten!
Warum haben Sie nicht nur diese Frau, sondern auch gleich Ihren geliebten Beruf mit aufgegeben? Haben Sie eigentlich Familie? Sie sprechen nie über Eltern, Großeltern, Geschwister...
Gibt es vielleicht doch eine Gräfentonnaerin für den Gar-

ten? Denn offenbar geht es Ihren Handgelenken ja blendend. Was wäre so schlimm daran, wenn ich auf meinem Stuhl herum rutsche, wenn Sie geschriebene Bilder von Ihren Muskeln malen?
Was mein Date heute Abend betrifft: Ich werde versuchen einen guten Eindruck zu machen, nur so viel zu sprechen, wie es ein Mann vertragen kann, die Anzahl meiner Schuhe verschweigen und nicht fragen, ob wir uns wieder sehen (wenn ich das nach dem Essen überhaupt noch will). Ich werde ihm milde lächelnd meine Wange zum Abschied anbieten...
Was noch? Sollte ich besser mal üben zu winken wie die Queen? Was soll ich überhaupt anziehen? Was meinen Sie? Helfen Sie mir? Ich halte mich übrigens nicht für zügellos. Mag sein, dass es ganz gut ist, dass meine Schüler und auch deren Eltern nicht wissen, was Frau Spatz in ihrer Freizeit so treibt. Aber auch nur, weil es Grundschüler sind.
Den Mädchen in der Oberstufe hingegen würde ich nur zu gerne sagen, dass der Typ aus der Parallelklasse höchstwahrscheinlich nicht der Mann fürs Leben ist, aber bestimmt eine tolle Erfahrung. Es ist doch so! Mit Liebeskummer verschwendet man nur wertvolle Jugendzeit, die man besser dazu nutzen sollte, sich und den ein oder anderen an seinem makellosen Körper zu erfreuen.
Ich hoffe doch sehr, Max, dass Sie nicht einer von denen sind, die meinen, ein Mädchen habe als Single ihre Sexualität bitteschön nicht auszuleben, sondern auf den Richtigen zu warten, darf sich aber gerne selbst die Tür aufhalten, schließlich leben wir in Gleichberechtigung.
Großmama Carlotta sagt immer, ich dürfe ruhig auf den Richtigen warten (bei ihr war er schon vier Mal da!), solle

mich unterdessen aber mit den Falschen amüsieren. Und das tue ich. Vielleicht ist ja irgendwann der Richtige dabei.
Ein großer Pluspunkt wäre schon einmal, wenn er mir die Tür aufhält, denn das erwarte ich von einem Mann. Tut er es nicht, tut er gut daran, mich ebenso schnell zu vergessen, wie ich ihn.
So, nun werde ich mich in mein Schaumbad begeben und anschließend über die große Kleiderfrage nachdenken. Was soll ich mit meinen Haaren machen? Locken oder glatt? Es wäre schön, noch einmal von Ihnen zu lesen, bevor ich mich auf den Weg mache.
Liebe Grüße,
Carlotta

von: carlotta-spatz@web.de
23. Februar, 22.58 Uhr
Re: Wanted: Muser!
Hallo Max,
die Mail von heute morgen ist noch mal abgeschickt. Schön, von Ihnen zu lesen! Sie wollten mir aber mit Ihrem letzten Satz nicht etwa zu verstehen geben, ich hätte nackt gehen sollen? Und das, obwohl Sie so gar nichts von meiner Zügellosigkeit halten? Oder wäre das Ihre Vorstellung von einem Date mit mir? Wo Sie mir noch nicht einmal die Vorstellung Ihrer Muskeln gestatten?
Liebe Grüße,
Carlotta

von: m.tetten@gmx.de
23. Februar, 23.12 Uhr
Re: Re: Wanted: Muser!
Liebe Carlotta,
ich meinte damit einfach nur Ihr schönstes Gewand. Wenn dieses Ihre Nacktheit ist, wäre es auch in Ordnung. Wären Sie nun so lieb und würden mich meine Mail an Sie fertig schreiben lassen?
Liebe Grüße,
Max

von: carlotta-spatz@web.de
23. Februar, 23.23 Uhr
Re: Re: Re: Wanted: Muser
Bin ja schon still! Diese Kleiderfrage oder vielmehr Kleiderantwort beziehungsweise die resultierenden Fragen sollte ich besser mit meinen Freundinnen erörtern.

von: m.tetten@gmx.de
23. Februar, 23.39 Uhr
Antworten auf Ihre gesammelten Werke

Liebe Carlotta,
es tut mir leid, dass ich Sie nicht rechtzeitig und in angemessener Form beraten konnte. Aber ich habe den Eindruck, dass das gar nicht notwendig war. Schließlich scheint der Abend angenehm verlaufen zu sein. Und Sie sahen gewiss hinreißend aus.
Ich will gern bei meinen Antworten auf Ihre Fragen bleiben. Womit kann eine Frau einen Mann enttäuschen? Und ist es wirklich immer das Produkt zu hoher Erwartungen? Ist die Enttäuschung nicht vielmehr das Ende der Täuschung? Ich glaube, dass ich mich in ihr getäuscht habe. In ihr und in dem, was ich ihr bedeutet habe. Ich glaubte, dass wir eine gemeinsame Wertegrundlage hatten, doch auch damit lag ich daneben. Und das nach fast fünfzehn Jahren Beziehung! Sie hat es zugelassen, dass sie Gefühle für jemand anderen entwickelte. Vielleicht trage ich einen Teil der Schuld und kann damit nur schlecht umgehen. Womöglich habe ich doch nicht alles für sie getan und in der Folge entstand ein Vakuum, das ein anderer füllen konnte. Es ist möglich, dass es an mir lag. Aber es ist eigentlich nicht sehr wahrscheinlich. Denn ich habe alles für sie getan. Es macht mich traurig daran zu denken. Vor allem, weil sie nach unserer Trennung schwanger war. Bis heute weiß ich nicht, ob ich der Vater ihres Kindes bin oder dieser Drecksack von meinem Nachfolger.
Und Sie fragen mich, ob Sie Ihre Haare lieber locken lassen sollten oder glatt tragen. Sie haben Probleme! Aber ich finde das süß und betrachte es als angenehme Abwechslung.

Dann denke ich nicht immer wieder daran, was ich alles falsch gemacht habe. Da Sie die Unterhaltung mit mir schätzen, kann meine Gesellschaft gar nicht so schlimm sein.
Sie dürfen Ihre Sexualität übrigens ausleben, wie stark Sie auch immer wollen. Ich werte gar nichts und gönne Ihnen das Glück, das Sie sich wünschen. Nur gönne ich Ihnen, dass Sie irgendwann einmal jemanden finden, bei dem es vor allem ein wenig länger dauert als eine Nacht. Und dann wäre es sicher auch schön, wenn Sie einander liebten. Über viele Jahre in Liebe, Aufrichtigkeit und Treue. Wie schwer es an manchem Tag auch fällt. Dafür sollte es genügend andere Tage geben, die für alles Entschädigung genug sind. Und in einer gar nicht so fernen Zukunft bekommen Sie dann ein Baby gemeinsam mit einem wundervollen Vater. Vor allem werden Sie wissen, dass er ganz sicher der Erzeuger ist. Und er weiß es auch. Weil Sie sich dieses Kind wünschten. Als Krönung Ihrer Liebe zueinander. Als etwas, das immer größer als Sie beide sein wird. Etwas, das bleibt.
Ich glaube, dass ich nun nicht mehr die Kraft habe, Ihnen weiter zu schreiben. Entschuldigen Sie bitte. Halten Sie Ihre Füße warm. Und freuen Sie sich auf wärmere Tage.
Herzlichst,
Max

von: carlotta-spatz@web.de
24. Februar, 8.05 Uhr

....

Lieber Max,
mir fehlen die Worte. Und ich bin ein elender Trampel. Es tut mir leid. Wegen meiner unbedachten Neugier fühlen Sie sich jetzt wieder schmerzlich erinnert... das wollte ich nicht. Was gäbe ich darum, wenn ich Sie jetzt in den Arm nehmen könnte. Jedes Wort (denn ich sitze schon seit einer Stunde hier) erscheint mir unangemessen, wenn nicht gar geschmacklos. Ich werde Ihnen meine Analysen zu dem Offenbarten ersparen, ebenso die gut gemeinten Ratschläge. Das brauchen Sie nicht und es macht auch nichts besser oder anders. Aber ich habe eine Bitte: Hören Sie mit dem Spielzeug auf! Kochen Sie wieder!
Max, was soll ich noch sagen? Ist das hier nun der Abschied? Unter den gegebenen Bedingungen bleibt mir wohl nichts anderes, als Sie ziehen zu lassen, wenn das Ihr Wunsch ist. Aber Max, Sie werden mir fehlen. Mehr, als ich sagen kann. Ich könnte nicht beschreiben, was Sie in den letzten Wochen für mich geworden sind, aber mit Sicherheit sagen, dass Sie mein Leben in dieser kurzen Zeit enorm bereichert haben. Sie sind ein ganz wunderbarer Mensch, Max. Ich zögere gerade das Ende hinaus... weil es mich unendlich traurig macht. Aber es nützt wohl herzlich wenig...
Max, wann immer Ihnen einmal wieder danach sein sollte, schreiben Sie mir! Liebe und sehr traurige Grüße (für ein »leben Sie wohl« bin ich einfach nicht stark genug),
Ihre Carlotta

von: m.tetten@gmx.de
25. Februar, 0.12 Uhr
Re:............

Liebe Carlotta,
als ich geschrieben habe, dass ich nun nicht mehr die Kraft habe, Ihnen weiter zu schreiben, meinte ich das für genau diesen Moment. Weil mich die Erinnerung an das Geschehene zu traurig gemacht hat. Doch ich trage diese Trauer schon ein paar Tage mit mir herum. Also sind Sie weder der Auslöser noch in irgendeiner Art und Weise für meine Traurigkeit verantwortlich. Ich freue mich, dass wir uns schreiben. Und das kann auch gern so bleiben. Lassen Sie mich derweil weiterhin Kopftücher auf Hexenköpfe kleben und Dreiräder montieren. Es ist schließlich keine sinnlose Tätigkeit. Und lassen Sie uns bitte nicht mehr bei dieser traurigen Begebenheit bleiben.
In der Hoffnung, dass es deutlich beschwingter ist: Wie entwickelt sich denn Ihr Date? Haben sich Änderungen ergeben? Können Sie Ihr Gefieder noch bei sich halten?
Liebe Grüße,
Max

von: carlotta-spatz@web.de
25. Februar, 11.14 Uhr
Nun scheint die Sonne wieder!
Max, ach Max, Sie glauben ja gar nicht, wie ich mich freue, von Ihnen zu lesen!!!!!!!!!!!
Ich habe einen gräßlichen Tag und zwei unruhige Nächte hinter mir, weil ich glaubte, ich habe Sie traurig gemacht und infolge dessen verloren. Das hört sich gerade ziemlich egoistisch an, nicht wahr? Aber ich hoffe, Sie wissen, dass es so nicht gemeint ist.
Ich konnte die Vorstellung nicht ertragen, dass es Ihnen schlecht geht. Und wäre ich daran Schuld gewesen, dann wäre es umso sinnloser, denn dann hätte ich es eigentlich vermeiden können, wenn ich einfach meine große Klappe gehalten hätte. Also sagte ich gestern mein zweites Date mit Sebastian ab und verbrachte den Abend damit, noch einmal all unsere Mails zu lesen.
Sie müssen mich doch für schrecklich oberflächlich halten, oder? Carlotta, die Plaudertasche, die unbekümmert durchs Leben stöckelt und ihren Schuhen viel zu viel Bedeutung beimisst. Ich kann und werde diesen Teil meiner Selbst nicht leugnen.
Mir fiel nur dabei auf, wieviel Glück ich bisher in meinem Leben hatte. Ich bin achtundzwanzig und habe bisher keine nennenswerten schlechten Erfahrungen gemacht. Meine Schwester und ich sind wohlbehütet aufgewachsen. Dank der Liebe unserer Mutter und des Berufes unseres Vaters, er ist ein sehr angesehener und gefürchteter Anwalt, mangelte es uns nie an irgend etwas. Mama war immer da, wenn wir sie brauchten, selbst wenn wir in der Pubertät zuweilen dachten, dass wir sie eben nicht mehr brauchen und Papa

hat dafür gesorgt, dass wir beruflich genau die Wege einschlagen konnten, die wir uns gewünscht haben. Ich musste während des Studiums nicht mal einen Nebenjob annehmen.
Im Grunde ist das Einzige, was mir fehlt, eben dieser Mann, den Sie mir in der vorletzten Mail beschrieben haben. Aber nicht mal das ist tragisch, denn ich habe ihn nicht verloren, er war einfach noch nicht da. Doch genau das möchte ich eines Tages haben. Ich möchte ihn gern mit dem Kind auf dem Arm begrüßen, wenn er von der Arbeit nach Hause kommt, während es in der Küche nach dem Essen riecht, das ich gerade gekocht habe. Selbst wenn meine Schwester Graziella sagt, dass ein Kind nicht die Krönung einer Liebe, sondern deren Feuerprobe ist und daran zweifle ich nicht, selbst dann möchte ich genau das haben.
Tja, wie ist es mit Sebastian? Nach einem Date kann man natürlich noch nicht viel sagen, aber ich würde ihn als vielversprechend bezeichnen. Er hatte ein kleines, geschmackvolles Lokal ausgesucht und bestand am Ende des Abends darauf die Rechnung zu übernehmen. Ja, da bin ich sehr klassisch gestrickt, alles andere finde ich geizig und Geiz ist schlimm. Er ist dreiunddreißig Jahre alt, arbeitet als Außendienstler für einen amerikanischen Konzern, der OP-Material verkauft und wohnt in Hamburg. Grüne, aufmerksame Augen und braune Haare, irgendwie ein bißchen verwegen. Also so, als könne man sich nachts im Wald nicht ganz vor ihm sicher sein. Soviel zu den Eckdaten. Er hört zu, wobei ich mich redlich bemüht habe, nicht zu viel zu reden, und stellt interessierte Fragen. Und er liest! Darüber hatte er mich ja auch angesprochen, was mir natürlich gleich besonders gut gefiel. Es war wirklich ein perfekter Abend. Die Wange, die

ich ihm vor meiner Haustür hingehalten habe, schien ihm für diesen Abend zu genügen und er wollte mich gestern gleich wieder sehen. Selbst als ich absagte, hatte er Verständnis. Das Treffen holen wir nun heute nach. Mir ist das fast ein bisschen unheimlig, Max.
Ich konnte bisher keine Schwachstellen erkennen und er macht auch nicht den Eindruck, als hätte er etwas zu verbergen, oder gehe mit einer einstudierten Masche zu Werke.
Meinen Sie, so etwas gibt es? Einen Mann, der Carlotta-kompatibel ist? Ich wage noch nicht, mich allzu sehr zu freuen, vermute einen versteckten Haken. Aber wahrscheinlich gehört auch das zu meiner Grundausstattung, wie Sie sagen würden.
Jedenfalls bin ich sehr froh und kann nun wieder unbeschwert die Sonne genießen und gespannt der Dinge harren, die da kommen werden. Jetzt, da ich weiß, dass ich noch immer meinen Muser habe.
Herzliche Grüße,
Ihre Carlotta

von: m.tetten@gmx.de
25. Februar, 20.55 Uhr
Re: Nun scheint die Sonne wieder!

Liebe Carlotta,
ich glaube, Sie haben sich einfach zu viele Sorgen gemacht. Es ist nicht unbedingt untypisch für ihr Geschlecht und es überrascht mich deshalb auch nicht. Die innere Einkehr, die Sie haben walten lassen, finde ich allerdings sehr süß! Sogar unseren Mailverkehr haben Sie noch einmal studiert. Respekt.

In Zukunft können Sie Ihre Fragen weiter stellen. Nur weil ich bei ein paar Themen schlechte Erfahrungen gemacht habe, heißt das noch nicht, dass ich gar nicht darüber reden will. Seien Sie also weiter neugierig! Wenn Sie noch Zeit haben und der Himmel nicht schon voller Engel mit Namen Sebastian hängt. War heute nicht die nächste Verabredung?

Soll ich Ihnen ein paar Tricks verraten? Wir Männer arbeiten immer so.

Am Anfang sind wir Mister Aufmerksam. Wir erinnern uns an all das, was Frauen mögen und verwöhnen sie nach Strich und Faden. Von Farfalle in Sahnesoße bis Cunnilingus in Sinuswellen beherrschen wir das gesamte Repertoire des Verwöhnprogramms. Im rosaroten Schmelzmodus laufen wir noch ein paar Wochen, bis wir unsere Beute sicher im Sack haben. Irgendwann kommt man aus rein praktischen Erwägungen auf die Idee, zusammen zu wohnen und ab der Beständigkeit des Nestbetriebs schalten wir wieder auf Normalmodus. Aus Farfalle wird altes Brot und Cunnilingus weicht Fellatio, so er denn erteilt wird.

Die Außergewöhnlichkeit macht der Gewöhnlichkeit Platz und wenn wir uns an alles gewöhnt haben, finden wir Män-

ner, dass die Frau ganz schön langweilig geworden ist. Wir schweigen uns bis dahin durch alle Dialoge und scheuen Veränderung jeder Art. Denn im Grunde sind wir perfekt. Lassen Sie uns also gemeinsam beobachten, ob er es besser macht, der Sebastian. Es sind schließlich nicht alle so. Glauben Sie mir.
Herzlichst, Max

von: carlotta-spatz@web.de
25. Februar, 23.50 Uhr
Entjungferte Schneeglöckchen
Lieber Max,
manchmal sind Sie so schrecklich abgeklärt! Es ging mir wirklich miserabel bei der Vorstellung, dass Sie traurig sind! Wie schön, dass Sie so schnell wieder zum Tettenbornfasanentum gefunden haben und kleine unbescholtene Singvögel auf die Palme bringen.
Schön, dass Sie wieder da sind, wo Sie ja gar nicht wirklich weg waren.
Ich weiß nicht, ob mir dieser Einblick in die männliche Psyche gefällt, Max. Dennoch: Darf ich diesen Teil Ihrer Mail an meine Freundinnen weiter leiten? Es sind wirklich tolle Mädels und ich finde, auch sie müssen gewarnt werden. Nun ergeben sich daraus für mich folgende Fragen: Zum einen hatte ich bisher eher nicht den Eindruck, dass Sie so einer wie beschrieben sind. Und wenn ich damit Recht habe: Woher wissen Sie das dann?
Werden alle männlichen Babys mit diesen Standardfunktionen geboren? Wie zum Beispiel auch mit der, dass sie, wenn sie über zwei Jahre alt sind, automatisch alle Autotypen und -modelle benennen können einschließlich derer, die noch

gar nicht auf dem Markt sind? Heißt das dann, dass Sie ein Update erhalten haben und ich Sie künftig mit Max 2.0 anreden sollte? Und zum anderen: wenn man es als Frau nun mit dieser Starter-Version Mann zu tun hat, gibt es dann für die geneigte Dame die Möglichkeit den Herrn updaten zu lassen? Oder ist er dann ganz einfach nicht der Richtige und die Dame sollte sich einem anderen Exemplar zuneigen?
Sebastian jedenfalls ist entweder einer, der nicht so ist, oder einer, der dieses Programm perfektioniert hat. Was mich momentan nicht weiter bringt, wir werden also tatsächlich abwarten müssen. Er brachte mir heute Schneeglöckchen mit. Sehr süß, nicht wahr? Blöd nur, dass ich lachen musste. Erklären Sie mal einem zweiten Date, dass Sie einen Aus-Versehen-E-Mail-Muser-Freund haben, der den lieblichen Blümchen leider für immer ihre Unschuld genommen hat – unmöglich!
Sollte ich deshalb nun nie wieder Blumen von ihm bekommen, dann fürchte ich, Max, dass Sie ab und an werden Fleurop bemühen müssen, um diesen Schaden auszugleichen. Dennoch wurde es ein sehr schöner Spätnachmittag/Frühabend mit Eisessen und Spazierengehen und all den kleinen Dingen, die ein Kennenlernen einer möglicherweise liebens- und begehrenswerten Person ausmachen.
Die ersten kleinen Puzzleteile des anderen... wo kommt er her, wann hat er Geburtstag, mag er Erdbeereis oder, wie ich, lieber Heidelbeere? Die scheinbar zufälligen, jedoch taktisch geplanten Berührungen. Die immer länger werdenden Blicke. Schließlich der erste Kuss... der, solange er dauert, aus einer Frau wieder ein zwölfjähriges Mädchen mit wackligen Beinen macht. Die daraus resultierende Verlegenheit, wenn man sich ob dieses Kusses nun plötzlich duzt,

weil alles andere nun nicht mehr glaubhaft wäre...
Mir klebt gerade ein ziemlich dümmliches Grinsen im Gesicht. Wenn er also nicht die Starter-Version ist, dann hat dieser Mann wohl wirklich Klasse. Er hat auch heute noch keinen Einlass in mein Nest und somit unter mein Gefieder begehrt, obschon ich mir mit meinem Outfit redlich Mühe gegeben habe, ihn zu provozieren. Diesen Test hat er also schon einmal bestanden. Am Wochenende will er mir Hamburg zeigen, mit Alster-Fahrt und allem was dazu gehört. Ich freue mich darauf.
Was Sie betrifft, mein lieber Max, so seien Sie versichert, dass ich für Sie immer Zeit haben werde. Der Zufall oder das Schicksal hat Sie mir geschenkt und deshalb gedenke ich Sie zu behalten. Da fällt mir ein: Haben Sie Kunderas »Die unerträgliche Leichtigkeit des Seins« gelesen? Woran glauben Sie? Schicksal oder Zufall?
Schlafen Sie gut!
Ihre Carlotta

von: carlotta-spatz@web.de
26. Februar, 21.55 Uhr
Eine Erkenntnis
Lieber Max,
ich habe gerade das Folgende festgestellt: auch wenn ich hundert Mal hintereinander den Senden/Empfangen-Button drücke, kommt keine Mail von Max, wenn er sie nicht geschrieben hat.
Liebe Grüße,
Carlotta

von: carlotta-spatz@web.de
27. Februar, 16.51 Uhr
Schweigen
Hallo Max,
machen Sie gerade eine (Schweige-) Pause von den selbstverschuldeten Zwängen? Oder sind Sie übers Wochenende verreist? Wenn ich Sie jetzt noch frage, ob es Ihnen gut geht, dann sagen Sie nur wieder, ich würde mir naturell bedingt zu viele Sorgen machen, also hoffe ich es einfach und spare mir die Frage. Ich weiß noch nicht, ob ich heute noch einmal nach Hause kommen werde, aber ob nun heute oder morgen, es wäre dann sehr schön, wenn ich von Ihnen lesen würde.
Seien Sie lieb gegrüßt,
Carlotta

von: carlotta-spatz@web.de
28. Februar, 18.24 Uhr
Warten ist...

...Verschwendung von Lebenszeit bei vollem Bewusstsein. Stellen Sie sich nur mal vor, ich wäre des Multitaskings nicht mächtig! So hatte ich zwar ein sehr schönes Wochenende, bin aber trotzdem traurig, dass ich keine Nachricht von Ihnen bekommen habe.
Carlotta

von: carlotta-spatz@web.de
28. Februar, 20.23 Uhr
Warum...

...haben Sie keinen Telefonbucheintrag???

von: m.tetten@gmx.de
28. Februar, 20.53 Uhr
Richtigstellung

Liebe Carlotta,
Sie melden sich zu einem möglichen Beziehungs-Start-Wochenende nach Hamburg ab, bei dem Sie nur mit ganz viel Glück auch einmal vor die Hotelzimmertür kommen. Ich will Ihnen das volle Austob-Programm lassen und Sie keinesfalls mit einer Nachfragemail belästigen; und was machen Sie? Sie beschweren sich, weil keine Nachricht von mir kommt! Hat sich Ihr neuer Schwarm Sebastian als norddeutsche Flunder gemausert, die dem Spatzschen Schnäbelchen einfach nicht gewachsen ist? Gab es anatomische Überraschungen, die sich selbst über die Ausrede der inneren Werte nicht übersehen ließen? Oder haben Sie sowohl prä- als auch postkoital das rosafarbene Laptop in Betrieb genommen, um nach einer Nachricht von mir zu spechten? Also, liebe Carlotta, ich weise Ihre vorwurfsvollen Töne vehement zurück und verlange stattdessen Satisfaktion wegen erhöhtem Einfühlungsvermögen und meiner besonderen Rücksichtnahme auf Ihre hormonellen und ideellen Bedürfnisse.
Und damit Sie nicht wieder glauben, ich würde Ihren Fragen ausweichen: Ja, ich habe Kunderas »Unerträgliche Leichtigkeit des Seins« gelesen. Nein, ich glaube nicht an Zufall. Aber ich glaube, dass wir unser Leben selbst lenken können und das von ihm abverlangen dürfen, was uns wichtig ist. Dafür müssen wir allerdings in erster Linie ein wirkliches Ziel haben. Dieses kennen und uns von ihm anziehen lassen. Leider wissen die meisten Menschen nur, was sie nicht wollen und in der Folge haben Berichte von Ereignissen immer diesen passiven Ton.

»Ich habe über die Feiertage wieder so viel zugenommen!«
Hat diesen Menschen jemand eine Zwangsernährung verpasst? Die Todesstrafe angedroht bei Nichtessen? Hat nicht jeder zu jeder Zeit die Wahl, ob er sich das zweite und dritte Stück Stollen in den Mund schiebt? Oder, um bei Ihrem Thema zu bleiben, den Menschen zu lieben, den man lieben will?
Und, um auf Ihre Frage zurück zu kommen: Vielleicht sind die meisten Zufälle gar keine. Möglicherweise gibt es eine übersinnliche Macht, die besonders lohnende Ziele zweier eigentlich unbekannter Menschen kreuzen lässt. Und schon ist es gar kein Zufall mehr. Ab diesem Moment müssen diese beiden Menschen nur noch schauen, wie sie gemeinsam ein Wir schaffen, ohne dabei zwei Ichs aufzugeben.
Sehen Sie, schon haben Sie die »Tettenbornsche Normalform der Liebe« erfahren. Ist doch ganz einfach, oder?
Jetzt schießen Sie aber mal los, liebe Carlotta, was muss ich mir denn unter »ich hatte ein sehr schönes Wochenende« vorstellen? Wie hat sich Sebastian denn gemacht? Windiger Vertreter oder tatsächlich Außendienstler mit Herz und Verstand?
Herzliche Grüße,
Max

von: m.tetten@gmx.de
28. Februar, 22.44 Uhr
Re: Warum...

...warum habe ich keinen Telefonbucheintrag? Liebe Carlotta, Sie werden gerade von Sebastian mindestens auf Händen getragen und stöbern trotzdem nach, ob ich im Telefonbuch stehe? Geht es Ihnen gut? Sind Sie unersättlich? Brauchen Sie zwei Männer? Wenn ja, habe ich noch einen Bruder.
Schweigen Sie nun eigentlich oder kommen Sie nicht von Sebastian los?
Herzlichst,
Max

von: carlotta-spatz@web.de
28. Februar, 22.54 Uhr
Re: Warum...

Lieber Max,
Sie verwirren mich! Meine Neugierde dürfte Ihnen unterdessen hinlänglich bekannt sein, wohl aber war mir bisher nicht bekannt, dass Sie für mich als Mann als solcher überhaupt zur Verfügung stehen. Im Gegenteil! Jeden noch so kleinen Versuch, an Ihrer Männlichkeit zu kitzeln, haben Sie abgeschmettert. Und nun bieten Sie mir sich und Ihren Bruder gleich im Doppelpack? Ich werde darüber schlafen müssen. Gute Nacht!
Liebe Grüße,
Carlotta

von: carlotta-spatz@web.de
1. März, 11.44 Uhr
Hühnersuppe

Lieber Max,
sind Sie zufällig online? Eine fiese Erkältung hat mir heute morgen ins Ohr geflüstert, dass sie gerne einen Tag mit mir im Bett verbringen möchte. Leider war das keine höfliche Frage, sondern ein Befehl. Jetzt liege ich also hier, mit Halsschmerzen, Fieber und einer großen Taschentücherbox. Wirklich nicht schön! Wohl aber meine eigene Schuld. Hätte ich gestern mal besser auf die Seidenstrümpfe verzichtet und an ihrer statt eine warme Wollstrumpfhose getragen. Können Sie mir nicht ein bisschen Hühnerbrühe kochen und als Anlage zu mir rüber mailen? Und mir vielleicht ein gutes Buch vorlesen? Mir Gesellschaft leisten? Ein Winken aus der Ferne, damit Sie sich nicht anstecken.
Carlotta

von: m.tetten@gmx.de
2. März, 0.19 Uhr
Pingpongverwirrung
Liebe Carlotta,
Sie gaben sich verwirrt, als ich Ihnen meinen Bruder zum Stillen Ihrer Unersättlichkeit anbot. Allerdings unterstellten Sie, dass Sie ihn mit mir bekämen, wo ich ihn doch als Ergänzung zu Sebastian feil bot. Nun bin ich aber verwirrt, weil Sie mir auf meine Nachfragen zum Stand der Dinge mit Ihrem Verehrer nicht antworten. Zunächst versuchen Sie sich daran, meine Telefonnummer herauszufinden und dann erbetteln Sie eine virtuelle Hühnersuppe um Ihre Erkältung kurieren zu lassen. Doch zu den wichtigen Fragen der Zeit erhalte ich keine Antwort! Was ist los, Carlotta? Warum liegen Sie allein im Bett und wünschen sich eine Suppe ausgerechnet von mir? Auch wenn ich sie möglicherweise besser zubereiten kann als Sebastian, ist er mir in Ihren letzten Mails zu oft absent. Schlussendlich verwirren Sie mich!
Rührt die Nutzung der Taschentücherbox wirklich nur von den Rotzfäden, die aus Ihrem verschleimten Schnäbelchen rinnen oder bahnt sich Traurigkeit in flüssiger Form den Weg aus Ihrem Inneren?
Und diese Halsschmerzen! Ein harmloser Infekt oder will Ihnen Ihr Halsschakra ein Zeichen geben? Dass endlich etwas ausgesprochen werden muss, das wie ein Kloß im Hals sitzt und nicht entweichen will? Sagen Sie es ruhig, liebe Carlotta, ich bin doch da! Ich laufe nicht weg. Sicher, ab und an nehme ich mir eine Auszeit, aber im Wesentlichen gehe ich auf Ihre Sorgen ein und beantworte Ihre Fragen. Natürlich bin ich nicht in der Lage, Ihnen Gesellschaft zu leisten und auch noch ein Buch vorzulesen. Doch gedanklich bin

ich da und stehe Ihnen bei.
Wenn ich darüber nachdenke, ist es auch kein Wunder, dass, sollten Sie wirklich nur erkältet sein, Sie stark infektgefährdet sind. Diese Kinder schleppen dauernd etwas mit sich rum. Mindestens eins hat zu jeder Jahreszeit ausgehärteten Rotz an der Nase kleben oder sich die Hände das letzte Mal zu Weihnachten gewaschen. Sie sind in der Folge aggressiven Kinderviren ausgesetzt. Wollen Sie das wirklich ein Leben lang machen? Den Wirt für Bakterien und Viren aller Art mimen? Eine Abladestation für Aussatz sein? Lassen Sie doch einfach Sebastian arbeiten und Sie bleiben zu Hause! Bekommen zwei, drei eigene Bälger, denen Sie daheim alles Notwendige beibringen können und schon bleibt die ganze Familie kerngesund.
Bekomme ich denn nun endlich ein Update über die Inhalte Ihres schönen Wochenendes und der weiteren Entwicklungen in Sachen Sebastian? Oder sollte mein Warten und Ihr offenkundig gesundheitsgefährdendes Tragen von zu wenig Wäsche schlussendlich umsonst gewesen sein?
Ich wünsche Ihnen wirklich von Herzen gute Besserung!
Ihr Hühnersuppenmuser

P.S.: Echte Erkältungen lassen sich auf zwei Wegen kurieren, die nicht aus der Schulmedizin kommen. Entweder Sie legen sich ins Bett, stellen sich eine Flasche Hustensaft auf den Nachttisch und trinken so lange Whiskey, bis Sie die Flasche nicht mehr sehen können. Oder aber Sie schwitzen die Erkältung auf einem anderen Körper heraus.

von: carlotta-spatz@web.de
2. März, 12.08 Uhr
Update

Lieber Max,
da werfen Sie mir Ihren Bruder (hat der eigentlich auch Muskeln?) vor die Füße, sehen aber zu, dass Sie selbst schnell Land gewinnen und dann fragen Sie mich, warum ich die Hühnersuppe lieber von Ihnen als von Sebastian haben möchte? Nun, zum einen natürlich, weil Sie der Koch sind und nicht er. Zum anderen, weil ich bei Ihnen so sein kann, wie ich bin.

Sie haben mich von meiner schlechtesten Seite kennen gelernt, was Sie dennoch nicht abgeschreckt hat. Außerdem können Sie mich ohnehin nicht sehen, so dass ich Ihnen völlig bedenkenlos auch noch meine Rotznase zumuten kann, während ich jammernd nach Suppe verlange. Und selbst wenn, wäre es wahrscheinlich auch egal. Ich könnte wohl genauso gut aussehen wie eine drittklassige Preisboxerin im Schwergewicht, an unserer Freundschaft würde das nichts ändern. Wir sind doch Freunde, oder nicht? Noch ein Grund mehr für Ihre Hühnersuppe.

Sebastian ist ein großartiger Mann. Ich will ihn einfach nicht durch vorzeitiges Darbieten von unschön geröteten Augen und besagter Rotznase vergraulen. Auch wenn es mir gar nicht mehr so vorkommt, als würde ich ihn erst eine Woche kennen. Möglicherweise könnte ihn das also gar nicht abschrecken. Aber so bin ich eben. Oma Carlotta sagt immer, man solle sich nie so vertraut benehmen, wie man sich fühlt.

Aus diesem Grund würde ich auch nach Jahren an Beziehung niemals zum Toilettengang bei Gesellschaft aufrufen oder in Anwesenheit eines Mannes auf natürlichem Wege

ein Kind gebären. Wobei ich letzteres ohnehin nicht vorhabe. Wenn man nur mal die Relation zwischen beispielsweise Eisbärinnen und ihren Babys betrachtet, dann muss man ganz klar sagen, dass hier die Menschfrau deutlich benachteiligt wurde und da mache ich einfach nicht mit!
Also lasse ich mir zu gegebener Zeit lieber einen grünen Vorhang zwischen Gesicht und Bauch spannen und warte dahinter unterleibsbetäubt zusammen mit Vater und Anästhesisten auf mein Baby. Vielleicht ist sogar Sebastian derjenige welche.
Ich will Sie nicht länger auf die Folter spannen, auch wenn die weibliche Unterleibspolitik ein Thema ist, das mir sehr am Herzen und etwas weiter südlich liegt.
Max, ich glaube, ich habe mich verliebt! So richtig ernsthaft verliebt.
Ich kann Ihnen nicht mal erzählen, wie es in Hamburg so ist, wo wir das Wochenende verbracht haben. Bestimmt ist es schön da, jedenfalls glaube ich das. Aber wir hätten genauso gut durch ein tschechisches Industriegebiet flanieren können, das hätte ich auch ausgesprochen pittoresk gefunden.
Nachdem er mich am Samstag abgeholt hatte, bummelten wir zunächst ein wenig durch eine große Einkaufsstraße. Und wie das in solchen Straßen so ist, gibt es dort einfach ein paar Schaufenster, an denen ein Mädchen beim besten Willen keine Lässigkeit mehr vortäuschen kann.
Doch statt mich hastig dort weg zu zerren, fragte er mich zunächst, ob ich eventuell einen Coffee-to-go-Becher benötige und ein paar Fenster später merkte er an, dass braunes Segeltuch immer eine gute Investition sei.
Spätestens da wurde mir klar, dass ich den Kaffee später lieber bei ihm trinken wollte und sein Monogramm es mir so-

gar Wert wäre, es auf meine Handtasche zu malen. Anschließend kehrten wir in ein kleines Lokal ein. Es gab eine hervorragende Antipasti, oder auch eine Tomatensuppe, es könnte auch ein Salat gewesen sein, zur Vorspeise. Der Lammbraten war auch ganz köstlich oder waren es doch Spaghetti? Ich habe nicht die geringste Ahnung. Es war einfach eine perfekte Mischung zwischen Lachen und tiefen Blicken über die brennende Kerze hinweg, die das Essen und alles andere ringsum unwichtig machen und zu einer diffusen Masse an Farben und Eindrücken verschwimmen lassen.

Er ist ein sehr schöngeistiger Mensch, gebildet, lustig und unglaublich attraktiv. Er liest sehr viel, Ähnliches wie ich, worüber wir über Stunden diskutiert haben. Endlich mal ein Mann, der versteht, warum Hamlet mein Lieblingsdrama ist, der es nicht schlimm fand, dass ich bei Anna Karenina kläglich versagt habe und es mir infolge dessen lieber als Hörspiel zu Gemüte führte, der sich Hector auch nicht beim Sex vorstellen kann, der Keira Knightley in der Verfilmung von »Seide« ebenso völlig fehlbesetzt fand, den »Die Lichtung« ähnlich faszinierte wie mich und der mich über den sinnlosen Tod von Chief Tolliver tröstete. Literarisch passen wir wohl hervorragend zusammen.

Überdies liest er täglich die Welt und die Financial Times, was ich sehr sexy finde. Wobei er das bei seinem Aussehen nicht mal nötig hätte, er wäre auch ohne Wirtschaftsblätter toll.

Toll gekleidet war er auch: weißes Hemd, Jeans und schwarzes Sakko, perfekt.

Zumindest an das Dessert kann ich mich noch erinnern. Denn da wurde es wieder peinlich, diesmal aber nicht Ihret-

wegen, sondern wegen meiner lieben Freundin Katharina.
Es gab Tiramisu. Und Tiramisu schmeckt einfach nach mehr. Wie richtig guter Sex oder wie die Vorfreude darauf.
Da saß ich also, trunken von der Intensität von Sebastians Augen, einen Löffel köstliches Tiramisu im Mund, in Erwartung einer Nacht in der alles passieren konnte und sollte.
Und plötzlich hörte ich die Stimme meiner sehr direkten Freundin im Ohr, die einmal sehr treffend, wenngleich recht schonungslos beschrieben hatte, wie ich mich in diesem Moment fühlte:
»Die Vorfreude läuft mir die Beine hinunter!«
Natürlich habe ich mich mörderisch verschluckt, konnte weder Husten noch Lachen unterdrücken und kam mir unsäglich bescheuert vor. Ich musste ihm versprechen, dass ich ihm am nächsten Morgen erzählen würde, was so lustig war, sonst wäre er verständlicherweise ernsthaft beleidigt gewesen.
Als ich dieses Versprechen schließlich einlöste, lachte er herzlich mit, aber ich greife vor. Mit Erwähnung des nächsten Morgens hatte ich natürlich mein stilles Einverständnis gegeben, ihn in seine Wohnung zu begleiten. Die Wohnung eines Mannes ist enorm wichtig, denn sie kann entscheidende Weichen in die eine oder auch andere Richtung stellen. Wobei mir das in dem Moment schon herzlich egal war. Ich sah bereits überall Herzchen herum schwirren, so dass ich bei ihm sogar den Küchentisch von Maximilian Tetten für einen Klassiker gehalten hätte, anstatt für die billige Presspappenplatte, die er in Wirklichkeit ist.
Sebastians Küchentisch jedenfalls ist aus Teakholz, für dessen ausgezeichnete Qualität man ihn nur beglückwünschen kann...

Sollte ich an dieser Stelle weiter ins Detail gehen? Nicht, dass Sie mir am Ende wieder einmal vorwerfen, unsere Unterhaltung würde an Niveau verlieren! Außerdem bin ich hierbei die Dinge beim Namen zu nennen doch etwas genierlich. Belassen wir es dabei, wenn ich sage, dass Sebastian all meine Erwartungen übertraf, er den eisernen Handgriff perfekt beherrscht und dennoch sanft genug ist, diesen durch einen unendlich zarten Kuss zwischen meine Schulterblätter zu vervollkommnen. Der Rest, mein lieber Max, ist Schweigen.
Am Sonntag lagen wir lange im Bett (okay, ich bin früh heimlich aufgestanden, um meine Zähne zu putzen und meine Haare zu kämmen) und anschließend saßen wir stundenlang beim Brunch.
Somit hat sich auch meine Erkältung schlussendlich gelohnt, denn er findet es toll, dass ich keine dieser Turnschuh-Tussis bin.
Und so liege ich seit gestern im Bett, wobei es mir heute schon etwas besser geht, und male mir aus, meinen Beruf tatsächlich wenigstens für ein paar Jahre an den Nagel zu hängen, um Sebastians und meine Kinder, die ich Edward und Ernestine nennen würde, aufzuziehen.
Und ja, ich habe auch schon probiert, wie sich sein Nachname an meinem Vornamen machen würde. Doch bevor Sie Sebastian nun aufgrund meines Übereifers bemitleiden, seien Sie versichert, dass so etwas jede verliebte Frau tut, was aber keineswegs heißt, dass sie gedenkt, das innerhalb der nächsten vier Wochen umzusetzen. Ich liebe meinen Beruf, auch trotz des erhöhten Erkältungsrisikos und möchte nun, da der Studienabschluss noch gar nicht so lange her ist, auch etwas davon haben.

Und auch Sebastian hätte ich gerne noch eine Weile für mich allein, bevor dann ein kleiner Mensch daher käme, der ihn von Platz eins schubst. Außerdem besteht ja auch immer noch die Möglichkeit, dass er doch nur die Starter-Version ist, das sagt zumindest mein Verstand, doch den habe ich in den Flieger gesetzt und in einen hoffentlich langen Urlaub geschickt.
Er konnte es gar nicht verstehen, warum ich ihn gestern wegen meiner Erkältung nicht sehen wollte und so habe ich für heute Abend zugesagt. Oma Carlotta sagt immer, dass wenn man sich schon schlecht fühle, nicht auch noch so aussehen müsse. Deswegen werde ich nachher in ein langes Schaumbad entschwinden und mich Sebastian-tauglich herrichten. Er wird chinesisches Essen mitbringen und ich gedenke, die von Ihnen empfohlene Kurierungsmethode auszuprobieren. Die ohne Whiskey. Ich sage Ihnen dann morgen, ob sie funktioniert.
Tja Max, diese lange Mail haben Sie nun davon. Es ist gefährlich, eine verliebte Frau nach dem Zielobjekt ihrer Verliebtheit zu fragen. Ich hoffe, ich habe Sie nicht gelangweilt.
Was sagen Sie nach allem zu Sebastian?
Lesen Sie versteckte Mängel heraus, die ich vielleicht nicht bemerke?
Liebe Grüße,
Ihre Carlotta

von: m.tetten@gmx.de
3. März, 0.48 Uhr
Re: Update

Liebe Carlotta,
der Sebastian scheint es Ihnen richtig angetan zu haben! Ich freue mich für Sie und Ihr neu gefundenes Glück. Andererseits bin ich immer wieder erstaunt, wie es Ihr Geschlecht im besonderen Maße schafft, einen Realitätsverlust zu erleiden, wenn die Hormone verrückt spielen. Wir Männer spielen uns in solchen Momenten schon auf wie wilde Bonobos auf Drogen. Aber gerade eine Frau, dieses anmutige Geschöpf, das in jeder Beziehung für Geradlinigkeit, Organisation und Feingeist steht, dreht noch mehr durch, wenn sie einmal, Sie verzeihen, richtig durchgebürstet wird.
Ich bin sehr überrascht! Doch ich gönne es Ihnen von Herzen! Mögen die Glückshormone noch eine lange Zeit mit Ihnen sein und sich der diesige Schleier der Verliebtheit erst in vielen Monden lichten. Und selbstverständlich soll dann nicht viel Lärm um nichts gewesen sein. Ich kann auch keinen versteckten Hinweis darauf erkennen, dass etwas faul sei im Staate Dänemark. Nun aber genug geshakespeared.
Irgendwie habe ich das Bedürfnis, der Länge Ihrer letzten Mail zu folgen. Nur so recht will mir nicht einfallen, was ich Ihnen mitteilen soll. Es ist mir in jedem Fall wichtig, Ihnen zu sagen, dass ich schon bejahen würde, ein freundschaftliches Gefühl zu Ihnen entwickelt zu haben. Sie scheinen mir ein Spätzchen mit einer liebenswerten Meise zu sein, das vom gefährlichen Drachen bis zur kleinen Tweety eine Menge Facetten zu bieten hat und deshalb auch interessant ist. Sie haben Stärken und Schwächen, wobei Sie das eine genauso wenig betonen, wie Sie das andere überdecken. Kurz-

um: Sie erscheinen mir aus sicherer virtueller Entfernung als sehr sympathische Frau.
Glauben Sie mir, ich werfe nicht wahllos mit Komplimenten umher. Und vielleicht ist es gerade diese Distanz zwischen uns, die es mir erlaubt, mich tatsächlich mit Ihnen zu freuen, wenn Sie das Geschenk der Liebe erhalten. Wenn Sie greifbar wären, also ganz Fleisch und Blut in meiner Nähe; ich habe keine Ahnung, wie ich dann denken würde. So aber habe ich das Bild von Ihnen vor mir, das mir am besten gefällt. Wahlweise eine prächtige Bulwerfasanhenne oder aber eine Muse. Sie sind in jedem Fall eine ganze Menge. Und das immerhin ganz ohne greifbaren Körper. Meinen Sie, ich könnte nun wirklich die Evolutionsstufe Mann 2.0 erklimmen? Oder werde ich von meinen Artgenossen verdächtigt, meine Eier beim Eintritt in die nächste Stufe verloren zu haben? In diesem Sinne schließe ich mit unserem gemeinsamen Freund: Oh schmölze doch dies all zu feste Fleisch!
Lieben Sie, Carlotta, und denken Sie nicht zu viel nach.
Herzlichst,
Max

von: carlotta-spatz@web.de
3. März, 2.53 Uhr
Vorbei

Max, ach Max...
es ist jetzt irgendwas bei drei Uhr in der Früh, ich weiß es nicht genau, aber es ist ohnehin auch völlig egal...
Max, ich habe es versaut! Einfach und komplett und absolut versaut! Sebastian ist fort...
Und das Allerallerschlimmste daran ist, dass er wahrscheinlich sogar geblieben wäre, wenn ich ihn darum gebeten und mich erklärt hätte. Er ist noch viel toller, als ich es mir hätte jemals vorstellen können. Aber ich habe ihn fort geschickt. Ich bin verwirrt und weiß gerade selber nicht, was ich von mir halten soll, wie hätte ich es da ihm erklären sollen? Doktor Freud hätte sich wahrscheinlich selbstgefällig lachend auf die Schenkel geklopft...
und mich obendrein eine dumme Pute genannt, die nicht mal selber merkt, was da ganz offensichtlich in ihr vorgeht...
Ach Max, was soll ich jetzt bloß tun?
Carlotta

von m.tetten@gmx.de
3. März, 13.44 Uhr
Re: Vorbei

Liebe Carlotta,
gerade beglückwünsche ich Sie noch zu Ihrem Glück, da scheinen Sie es auch schon wieder verloren zu haben. Um Ihnen zu irgend etwas raten zu können, müsste ich zunächst wissen, was genau eigentlich passiert ist. Ihre nächtliche Mitteilung war zu kurz, um mir ein Urteil zu erlauben, geschweige denn um gute Ratschläge zu erteilen. Schreiben Sie mir die Gründe?
Herzlichst,
Max

von: carlotta-spatz@web.de
3. März, 14.20 Uhr
Premiere

Lieber Max,
das Allerallerallerschlimmste daran ist, dass ich glaube, ich kann es Ihnen nicht sagen, so sehr ich es mir auch wünsche. Sagen wir mal so: mein Unterbewusstsein weiß anscheinend wesentlich besser über mich Bescheid, als ich.
Und gestern Nacht hatte es dann nichts besseres zu tun, als dieses Wissen laut heraus zu posaunen, wo ich doch nur meine Erkältung ausschwitzen wollte. Zum Entsetzen von Sebastian und um mich davon in Kenntnis zu setzen. Ich kann Ihnen nicht mal sagen, wer von uns beiden schockierter war. Aber, so wurde mir klar, es war die Wahrheit.
Eine Gewissheit, die mir einerseits wieder ein debiles Grinsen ins Gesicht kleben möchte und mir andererseits vor Angst den Schnabel zuschnürt. Lieber Max, hier haben wir

es mit einer Premiere zu tun: Carlotta Spatz, Ihre nervige Plaudertasche, ist zum ersten Mal in Ihrem Leben um Worte verlegen. Also, was raten Sie mir?
Carlotta

von m.tetten@gmx.de
3. März, 23.24 Uhr
Re: Premiere
Liebe Carlotta,
wie kann ich Ihnen zu etwas raten oder von etwas anderem abraten, wenn ich nicht weiß, worüber wir reden? Wünschen Sie sich mehr, dass ich Ihnen helfe oder dass Sie Ihr Geheimnis für sich behalten?
Liebe Grüße,
Max

von: carlotta-spatz@web.de
4. März, 9.04 Uhr
Worst Case

Was ich mir wünsche? Lieber Max, Sie fragen, was ich mir wünsche?

Fragen Sie mal Sebastian, der kann es Ihnen sagen...

und er würde Ihnen außerdem sagen, dass dies ein Wunsch ist, den er mir unmöglich erfüllen kann.

Und weil er nun auch eine Frage frei hätte, würde er Sie wohl fragen, wie Sie sich fühlen würden, wenn Ihnen in einem Moment höchster Ekstase Ihre Freundin Ihren Namen ins Ohr säuselt, Sie sich aber trotz aller Erregung noch eben gerade so erinnern können, dass Sie ja Sebastian heißen und keineswegs so, wie Sie gerade genannt wurden.

....

Carlotta

von m.tetten@gmx.de
4. März, 22.15 Uhr
Re: Worst Case
Liebe Carlotta,
obwohl ich Ihre Mail heute wieder und wieder gelesen habe, hat es ein Stück gedauert, bis ich mich zu einer Antwort durchringen konnte. Es ist am Ende eigentlich auch keine Antwort. Es ist ein Schreck. Es ist Angst. Es ist Verwirrung. Bevor ich Ihnen also ausführlich antworten kann, brauche ich noch eine Information. Sagen Sie mir bitte, dass Sie nicht »Max« geflüstert haben.
Max

von: carlotta-spatz@web.de
4. März, 22.41 Uhr
Re: Worst Case
Lieber Max,
dann müsste ich Sie anlügen...
Carlotta

von: m.tetten@gmx.de
5. März, 0.16 Uhr
Klarstellungen und Einsichten
Liebe Carlotta,
wo fange ich an? Bei Ihrer Ehrlichkeit? Bei Ihrem Mut, mir das zu schreiben? Bei Ihrer Unbeherrschtheit, meinen Namen zu benutzen in einem Moment, in dem sich dies verbietet? Was soll ich überhaupt mit Ihnen anfangen?
Eine federleichte Plaudertasche, die in mein Leben platzt. Einfach so. Ohne mich vorher zu fragen. Ein Vöglein, das gerade aus einem Nest gefallen ist. Und im nächsten Nest, wenn ich Ihre Wochenendvögelei nicht mitzähle, tirilieren Sie im Moment der höchsten Gefühle den falschen Namen. Bin ich sprachlos? Oder einfach nur enttäuscht oder verwirrt? Möglicherweise bin ich auch überfordert. Darf ich das als Mann überhaupt sagen? Ich bin mit dieser Situation überfordert. Eine mir nur virtuell bekannte Frau, im Grunde lediglich eine reine Projektion meines Geistes, schläft mit einem anderen Mann und denkt dabei an mich.
Wie sieht sie aus? Wie riecht sie? Wie fühlt sich ihre Haut an? Mag sie es, wenn meine Lippen ihren Nacken berühren? Bekommt sie eine Gänsehaut, wenn ich ihr Ohrläppchen mit meiner Zunge berühre? Hat sie Morgenmundgeruch? Welche Macken hat sie im normalen Leben? Trennt sie den Müll nur vom Nichtmüll oder ist sie eine rigorose Mülltrennerin? Kann sie tagelang im Bett liegen und nichts tun oder muss sie dauernd auf Achse sein? Wie läuft sie? Ist sie so eine grazile Läuferin, deren Bewegung das Gefühl vermittelt, dass das Leben einfach immer weiter gehen muss? Oder stakst sie nur dahin? Kann sie ästhetisch rennen? Bleibt auf ihren Lippen Milchschaum zurück, wenn sie einen Café

Latte trinkt oder schleckt sie sich diesen mit der Zunge weg? Wenn ja, wie tut sie dies? Wie ist der Klang ihrer Stimme? Nervig piepsig? Rauchig verdorben? Oder einfach nur ein Wohlklang, den ich bis ans Ende meiner Tage jeden Morgen wieder hören will, wenn ich aufwache?
Also, liebe Carlotta, wer sind Sie außer einer virtuellen Pingpongwand für meine Worte? Natürlich sind Sie mir ans Herz gewachsen. Ich muss zugeben, dass ich manchen Tag in mein Postfach geschaut habe und enttäuscht war, dass darin nichts von Ihnen lag. Doch habe ich deshalb Anlass dazu, Ihren Namen zu rufen?
Natürlich habe ich das! Carlotta, Carlotta, Carlotta! Ich bin Ihr Muser! Ganz einfach. Und ich möchte nicht mehr ohne Ihre Nachrichten sein. Aber für alles andere fehlt mir die Vorstellungskraft. Und, ganz ehrlich, ich habe keine Ambitionen dazu, dass wir uns in Zukunft halbe Fotoalben schicken, twittern und skypen. Wenn ich Sie wirklich kennenlernen will, dann will ich das in der echten Welt. Doch das ist leider nicht möglich, glauben Sie mir.
Vielleicht war es ein Fehler, Ihnen so offen und freundlich zu begegnen. Ich dachte immer, dass ich so viel von mir nicht preisgegeben hätte. Vor allem nicht genug, um beim Beischlaf mit einem anderen genannt zu werden. Ich hoffte, dass wir einander auf diese Entfernung nah genug sein würden. Nah und fern gleichzeitig. Möglicherweise verleitet uns die Anonymität des Internets dazu, in einer Mehrdimensionalität zu denken, die wir nicht haben. Wir können nicht als Avatare handeln. Wir sind immer echt, ob wir das wollen oder nicht. Also bin ich auch immer der, als der Sie mich kennengelernt haben.
Und doch bin ich es auch wieder nicht! Einen Teil unserer

Persönlichkeiten können wir immer über der Tastatur und hinter dem Bildschirm lassen. Ich kenne Carlotta Spatz nicht. Aber ich habe eine tolle Vorstellung von ihr in meinem Kopf. Eigentlich eine gute Voraussetzung für eine Ehe, finden Sie nicht? Die meisten Paare machen es anders. Sie haben einen Partner und kennen eigentlich nur eine ganz andere Vorstellung von ihm. Wir wären einen guten Schritt weiter, nicht wahr?
Bevor ich Sie aber wieder in die Verlegenheit bringe, meinen Namen über Ihre wahrscheinlich sehr süßen Lippen zu bringen, möchte ich Ihnen sagen, dass ich Ihnen auf diese Weise immer nah und für Sie da bin.
Zu mehr bin ich nicht in der Lage. Bitte glauben Sie mir. Und verlassen Sie mich jetzt nicht.
Herzlichst,
Ihr Max

von: carlotta-spatz@web.de
5. März, 12.37 Uhr
Zweifle an der Sonne Klarheit

Lieber Max,
ist es nicht genau das, wie sich zwei Menschen begegnen sollten? Mit dem Herzen, Max, allem voran mit dem Herzen ... sich erkennen ohne sich zu sehen...
Ich glaube nicht an Zufälle. Ich ziehe das romantisch verklärte Schicksal vor. Und wenn es Sie überfordert! Na und?! Sie sind überfordert, ich leide an Realitätsverlust! Na herzlichen Glückwunsch!
Ich hätte nicht geglaubt, dass ich eines Selbstbetruges dieses Ausmaßes fähig bin. Im Nachhinein sehe ich einiges klarer. Das beinahe obsessive Abrufen meiner Mails, das Notebook als mein ständiger Begleiter, so, als könnte ich stattdessen meine Hand in Ihre legen.
Als ich dann Sebastian kennen lernte... er sagte, es hätte mich so eine leuchtende Aura umgeben. Ich hielt es für ein nettes Kompliment. Nur wem wird gemeinhin ein inneres Leuchten nachgesagt? Verliebten oder schwangeren Frauen.
Ich war verliebt, doch das bereits als ich ihn kennen lernte... In Ihre Worte.
Worte, mit denen Sie mich zum Lachen bringen, mich rasend machen, tiefer in mich dringen, als es das ein Körper jemals vermag... Doch vielleicht ist das nur die halbe Wahrheit. Ich war zu Ihnen von Anfang an ehrlicher, als je zu einem Mann zuvor, also sollte ich Ihnen wohl auch etwas sagen, was ich bisher verschwiegen habe.
Als Sie mir damals schrieben, Sie waren früher Koch, habe ich ein bisschen in der Bildersuche gegoogelt. »Nacht der Köche«, da habe ich Sie schließlich gefunden. Ein Foto für

einen Artikel auf irgendeiner Website. Ich erwartete ein Staunen über das fremde Gesicht, das zu den mir wohlbekannten Worten, gehört. Aber es war eher so, als könne es gar nicht anders sein. Ein »Ach Sie sind es, ja klar Sie sind es!«

Einerseits kommt es mir unfair vor... anderseits... ach Max, ich könnte Ihr Gesicht mit geschlossenen Augen nachzeichnen und mir dabei vorstellen wie es wäre, wenn mein Finger Ihr Gesicht berührte, die Narbe auf Ihrer Wange entlang striche..., ich wünschte, ich könnte Ihnen einmal in die Augen sehen, schauen, ob sie tatsächlich so unergründlich sind, wie sie auf dem Bild wirken und sehen, ob ich es schaffe diesen Augen ein Lächeln zu entlocken...

Zehntausend Wörter und ein gestohlenes Bild, ist das genug, um zu rechtfertigen, dass morgens mein erster und abends mein letzter Gedanke Ihnen gilt? Ich weiß es nicht. Doch ist es nicht so viel mehr, als nur ein erster Eindruck, der uns zuweilen reicht, um einen Menschen kennen zu lernen, ihn sogar an und in unseren Körper zu lassen? Wie nah kann er denn kommen, wenn er meine Gedanken nicht kennt, ja vielleicht nicht einmal kennen will?

Geschenkte Assoziationen, die einem jeden Schneeglöckchen zwinkernd zunicken lassen, weil man meint, sie seien eine direkte Verbindung, wenn man plötzlich im Supermarkt diversen Grillsaucen liebevolle Gefühle entgegen bringt und selbst grinsen muss, wenn man am Finanzamt vorbei fährt.

Zu Wort gewordene Empfindungen, gemalte Sätze, die mir das Bedürfnis wecken, dem Urheber dieser Worte meine kleine Welt zu Füßen legen zu wollen. Ihm die eine Hand in den Nacken legen zu wollen und mit der anderen sein Haar

zerzausen, wenn er mir den Mann beschreibt, den er mir wünscht, ihm dann in die Augen schauen und sagen: »Aber Du bist doch schon längst da!«
Das, Max, scheint mir eine ziemlich hohe Form von Liebe zu sein.
Wissen Sie, was ich mir wünschen würde, wenn ich denn einen Wunsch frei hätte? Eine Mail von Ihnen. Vielleicht in ein paar Jahren. »Carlotta, die Butter ist alle. Max«
Dann könnte ich einen Moment inne halten und mich erinnern. An Postkutschen, das Recht der ersten Nacht, Fasane im Allgemeinen und Besonderen, an Rehrücken und Vanillesauce, blauen Bodenbelag, Hexenköpfe, an den Frühling...
Wahrscheinlich würde ich Ihnen das abends mit der neuen Butter zusammen aufs Brot schmieren und mich über die Butter-Mail wortreich beschweren. Und Sie würden möglicherweise mit den Augen rollen und mich fragen, ob ich noch immer nicht wüsste, wie wertvoll Schweigen zuweilen sein kann.
Es gibt keine Zufälle, Max! Ich stand vor ein paar Wochen auf der Leiter, habe gestrichen, gehört, wie mein Notebook eine Nachricht nach der anderen ankündigte. Dazu habe ich gesungen. Ich denke, ich habe eine recht normale Stimme, aber singen kann ich nicht. Was mich nicht davon abhält es trotzdem zu tun. Ich singe schief und laut, aber nur, wenn keiner zuhört...
Seit ich es weiß, singe ich ständig vor mich hin, leise, denn es geht dabei nicht ums Singen.
... I want to exorcise the demons from your past... I want to satisfy the undiclosed desires in your heart... please me, show me how it's done, trust me, you are the one... I want to reconcile the violence in your heart...

Max, mir will einfach kein anderer Grund als diese Frau aus Ihrer Vergangenheit einfallen, warum Sie ein »Wir« von vorn herein ausschließen. Aber bei allem Respekt, ich glaube kaum, dass sie es nach allem noch wert sein soll, dass Sie augenscheinlich zu große Angst haben, sich auf etwas Neues einzulassen. Geben Sie ihr diese Macht nicht! Ich tue Ihnen nicht weh, Max!
Doch Ihre Fragen, die mir Schauer über den Rücken gejagt haben, kann ich Ihnen nicht beantworten. Es wären doch nur virtuelle Wortwolken, die sich in diesem Falle in Bedeutungslosigkeit ergehen. Sie müssten schon den Mut aufbringen, sie sich selbst beantworten zu können. Was haben wir zu verlieren? Im schlimmsten Falle sind wir um eine Illusion ärmer, aber ist Liebe nicht immer ein Stück weit Illusion?
Ich werde keinen Kampf kämpfen, den ich nicht gewinnen kann, Max. Das wäre entwürdigend und würde nur das zerstören, was wir bis hierhin haben. Aber ich wollte Ihnen all das wenigstens ein Mal sagen, denn es erscheint mir als eins der existenziellen Dinge im Leben.
Selbst wenn es nicht auf Gegenseitigkeit beruht, so sind Sie es mir dennoch wert. Und darum geht es letztlich, nicht wahr? Geben wollen ohne zwingend eine Gegenleistung zu erwarten. Machen Sie damit, was Sie wollen, ich habe es Ihnen geschenkt.
Und bitte verlassen Sie jetzt nicht mich.
Ihre Carlotta

von: carlotta-spatz@web.de
6. März, 7.32 Uhr
Bitte
Bitte Max, schweigen Sie jetzt nicht! Das halte ich nicht aus...
Carlotta

von: m.tetten@gmx.de
7. März, 19.27 Uhr
Max
Liebe Carlotta,
Sie würden ja doch keine Ruhe geben und ich würde sie nicht finden. Selbst wenn ich von nun an warte. Einen Tag, eine Woche, einen Monat, ein Jahr. Es zerreißt mich irgendwann einmal. Nicht erst seit Ihren letzten Mails sind Sie es definitiv wert, die ganze Geschichte zu erfahren. Es ist allerdings nicht sehr leicht für mich. Zum einen habe ich Angst, Sie zu verlieren, auch wenn ich Sie vollständig nie gewinnen kann. Zum anderen befürchte ich, dass Sie mich hassen, weil ich bisher nichts darüber geschrieben habe.
Bitte glauben Sie mir. Ich wollte nichts verheimlichen. Lediglich mit Ihnen reden wollte ich. Von Mensch zu Mensch, von Mann zu Frau. In einer Art Normalität, die ich sonst nicht mehr habe. Deshalb sind Sie mir mein liebstes Hirngespinst und manchmal schon verdammt real. Also, wo fange ich an? Wann fange ich an?
Max war ein verdammt guter Koch. Nach einer ihn faszinierenden Ausbildung und einer Erkundungsreise durch die europäischen Töpfe und Pfannen kam er nach Berlin zurück und fing in einem der besten Restaurants der Stadt an. Er war voller Tatendrang und wollte, dass die Menschen für ein

paar Minuten ihres Lebens in eine ferne Welt entführt werden. Nicht in exotische Gefilde und orientalische Träumereien. Nein, es ging ihm darum, die Menschen zu einer inneren Geschmacksreise zu bewegen. Sie sollten wieder in sich hinein hören. Wieder beginnen zu essen, zu genießen und zu leben! Mit einfachen, aber starken Kompositionen wollte er die Menschen in ihren Herzen erreichen. Weil sie sich über die Jahrhunderte von sich selbst entfernt hatten. Durch den reinen Genuss zurück zur inneren Mitte. Zu dem, was uns ausmacht. Zu allem, was uns von den Tieren unterscheidet.
Sein Chef machte ihm einen Strich durch die Rechnung. Einen ziemlich gewaltigen sogar. Denn für ihn stand das Prestige des Hauses im Vordergrund. Weil Promis zu den Gästen zählten und er nicht daran glaubte, dass Max allein durch Essen bewirken könnte, was Seher, Schamanen und Religionen schon seit Jahrtausenden nicht vermochten.
Nachdem Max gekündigt hatte, war klar, dass er es beim nächsten Mal allein versuchen würde.
Fast ohne Geld, aber mit eisernem Willen und einer grandiosen Idee eröffnete er mitten in Berlin ein kleines Restaurant. Dabei verwirklichte er seine Vision des Kochens. Am Anfang kamen nur ein paar Leute. Doch in der Folge sprach sich das Restaurant als Geheimtipp herum. Die Tische waren irgendwann auf Wochen ausgebucht und Max am Ziel seiner Träume. Er hatte kaum Zeit für ein Hobby oder eine Beziehung klassischer Art. Aber er war in diesen Tagen sehr glücklich.
Nun werden Sie sich fragen, was eine Beziehung klassischer Art sein mag. Das ist etwas, das man jeden Tag hat. Man kommt nach Hause und trifft auf seinen Partner, tauscht sich aus und unternimmt gemeinsam etwas. Man geht shop-

pen, essen und tut all das gemeinsam, was Interesse und Befähigungen hergeben. Abends schläft man, nicht selten nach sexueller Betätigung, aneinander gekuschelt ein. Der letzte Gedanke ist womöglich der, dass man um niemand anderen lieber seinen Arm legen möchte.
Max und Julia waren ein sehr ansehnliches Paar. Und das schon seit vielen Jahren. Ihn kennen Sie ja bereits. Julia war schlank und fast einen Meter und achtzig groß. Trotzdem war sie grazil in ihren Bewegungen. Ein sehr großer, blonder Engel, der aus blauen Augen in die Welt schaute. Sie war wunderschön. Allerdings mindestens genauso zielstrebig und fleißig wie Max. Sie hatte Verlagskauffrau gelernt und war in der Folge viel unterwegs. Eine Messe hier, eine da. Internationale Autoren betreute sie für einen großen deutschen Verlag. Sie sahen sich kaum. Aber etwas nicht Greifbares, ganz Festes, hielt sie zusammen. Als Max dreißig wurde, bekam sie das Angebot, nach Berlin zu kommen und von dort aus den gesamten Osten zu betreuen. Ein riesige Chance! Und nicht zuletzt auch die finanzielle Absicherung, damit Max an seinem Traum arbeiten konnte. Also zogen sie zusammen.
Plötzlich war alles anders. Dieses unausgesprochene Fundament der Beziehung war nicht mit ihnen eingezogen. Sie waren nur noch zu zweit. Am besten kamen sie zurecht, wenn sie nicht beieinander waren. In der Wohnung stritten sie häufig. Über Belanglosigkeiten. Allerdings nur scheinbare. Denn unter dem Mantel von falschem Verhalten wartete immer ein verletzter Wert auf den finalen Stich ins Herz. Sie redeten viel. War es genug? Waren es die falschen Worte? Es ist schwer zu sagen. Paare bilden einen eigenen Mikrokosmos, den sie aus eigener Kraft nur schwer verlassen können.

Womöglich hätte eine Therapie einen Erfolg gebracht. Niemand weiß es genau.
Nach fast zwei Jahren in einem Zustand steigenden beruflichen Erfolgs und privaten Niedergangs ging Julia nach Erfurt. Neuaufbau des Verlags an einem anderen Standort und Sanierungsphase für die Beziehung. So in etwa benannten die beiden den Anfang vom Ende. Auf dem Papier zog Max mit, aber tatsächlich verbrachte er die meiste Zeit in Berlin. In seinem Restaurant und in einer schäbigen Einzimmerwohnung. Ein wenig hatten beide aus der schwierigen Zeit gelernt. Und es schien ihnen immer noch so, als sei alles Erlebte viel zu wertvoll, um es unbedacht wegzuwerfen. Die neue Situation und die veränderte Umgebung brachte wieder Hoffnung für beide. Max stellte einen Restaurantchef ein, der sich in seinem Sinne um alles kümmerte und so gelang es ihm, sehr oft bei Julia zu sein. Sie verlebten sogar ein paar glückliche Tage und in ihnen keimte die Hoffnung, dass sie diese schwierige Phase überstanden hätten.
Doch sie wurden in der Folge Opfer des größten Gespenstes einer jeden Beziehung. Die Gewohnheit schlich sich ein. Gerade erst hatten sie um einander gekämpft, als gäbe es nichts Wichtigeres in ihren Leben, da verlieren sie gemeinsam eine ganz einfache Schlacht. Zu Beginn war es kaum spürbar, doch irgendwann gipfelte es darin, dass sie gemeinsam vor dem Fernseher saßen und dumpf nach vorn schauten. Statt einander zu betrachten und die Freude von Nähe und Geborgenheit zu spüren, ließen sie sich einlullen von einem Medium ohne Herz und Verstand.
Kennen Sie das, Carlotta? Und ist es nicht traurig, wie vielen Menschen es so geht? Wir umwerben einander und sind in den ersten Wochen nach der erfolgreichen Balz kaum zu

trennen. Doch irgendwann einmal wird die Lieblingsserie wichtiger als der Partner. Glauben Sie, dass Shakespeare dafür Romeo und Julia geschrieben hat? Glauben Sie, dass er es geschrieben hätte, in der Gewissheit einer solchen Zukunft? Doch zurück zu Max und Julia. Immerhin schon namentlich die glatte Hälfte der Tragödie.
Diese Phase der Beziehung ist wohl der Teil, den sich Max am meisten vorwirft. Hier nicht erkannt zu haben, dass er einschreiten muss. Die kleinen Zeichen nicht richtig gedeutet zu haben. Und vor allem den Zauber Julias hat er vergessen, obwohl er immer noch spürbar war. Sie war noch immer schlank und schön. Geist- und wortreich in ihren Ausführungen. Lustvoll und neugierig auf das Leben. Doch Max mutierte zu diesem hüllenlosen Wesen, das abends in viele Haushalte kommt. Wortlos, müde und schwerfällig. Ansprechbar für einen Kunden? Sicher. Mails abfragen und vielleicht noch ein Angebot für eine Familienfeier erstellen? Klar, kein Problem. Aber etwas mit der Partnerin unternehmen, Zeit mit ihr verbringen und sich für sie interessieren? Das war Max zu anstrengend. Wenn Sie ihn zu dieser Zeit damit konfrontiert hätten, wäre er Ihnen ausgewichen, ganz sicher. In seiner Welt musste das Restaurant richtig aufgebaut werden. Die Kontakte waren zu erhalten und die Unternehmensphilosophie jedem Angestellten zu vermitteln. Nicht zuletzt war Max sich sicher, dass nur das erfolgreiche Betreiben seines Restaurants die notwendige Sicherheit für alles Weitere bringen konnte. Kinder, Familie, vielleicht irgendwann einmal ein Haus. Doch diese Grundlage musste jetzt gelegt werden, nicht irgendwann einmal. Dass er dabei zu einem anderen Menschen wurde, bemerkte er nicht.
Julia dafür um so mehr. In den Zeiten seiner Abwesenheit

hat sie begonnen, sich mit Bekannten aus der Verlagsbranche zu treffen. Eine Lesung hier, ein Literaturfestival dort. Natürlich waren die Männer in ihrer Umgebung neugierig und aufgeschlossen. Das wäre jeder Idiot gewesen, der sie ins Bett bekommen wollte. Liebe Carlotta, ich hatte Ihnen die Vorgehensweise von uns Männern eingehend erläutert. Jedenfalls fruchtete sie auch im Falle Julias. Irgendwann wurde aus kollegialer Aufmerksamkeit eine engere Freundschaft, die schließlich in etwas wie eine Beziehung kulminierte. Max konnte am Anfang gar nicht so richtig Wind davon bekommen, weil er ja nicht richtig anwesend war. Julia wurde zu seiner Normalität und ihr gelang es, ihm diese in seiner Anwesenheit auch vorzuspielen.
Eines Abends aber erzählte Julia alles. Max konnte es nicht fassen. Alles, wirklich alles hatte er für Julia gegeben! Er nahm die weiten Strecken auf sich, vernachlässigte das Restaurant und tat Unmögliches für sie! Dass sie ihn so hinterlistig hintergehen konnte, war jenseits aller Vorstellungskraft. Das war für den Moment und in den Tagen danach. Doch Max ist nicht einfältig. Er ist entwicklungsfähig, einfühlsam und selbstkritisch. Und deshalb war er natürlich in der Lage, all seine Fehler zu erkennen. Es dauerte ein Stück und es tat fast noch mehr weh als das Geständnis Julias. Aber schlussendlich tat es ihm gut. Also fuhr er noch einmal nach Erfurt um sich zu erklären. Nicht, weil er hoffte, dass es wieder gut werden könne. Einfach nur, weil es ihm Julia wert war, dass er sich erklärte. Sein Versagen wollte er einräumen. Und seine Traurigkeit, dass er es nicht früher erkannt hatte.
Überraschungen bleiben bei unangekündigten Besuchen nicht aus. Zwar ließ Julia Max in ihre Wohnung, doch schon

an der Tür konnte er ihr Unbehagen spüren. Es nahm konkrete Formen an, als er aus der Küche eine Stimme hörte. Die Stimme eines Mannes. Eines lächerlichen Mannes, wie sich bei der Betrachtung herausstellen sollte. Allenfalls gleich groß wie Julia und ein mieser Koch, wie die Anordnung von Arbeitsgeräten und Zutaten in der Küche verriet. In der Küche, die Max gehörte! Mit einem seiner Lieblingsmesser in der Hand. Er hätte alles Julia überlassen, aber nicht diesem abgebrochenen Verlagsheini. Obwohl Max genau wusste, dass sein Gegenüber nichts für diese Situation konnte und einzig und allein Julia und Max seine Anwesenheit herbeigeführt hatten, bahnte sich ein unbekanntes Gefühl seinen Weg. Hass. Blinder, irrationaler Hass.
»Raus hier! Raus aus meiner Küche!«, schrie Max den völlig überraschten Mann an. Weil er sich nicht bewegte, ging er schnell auf ihn zu. Mit einem kräftigen Stoß warf er den Tisch mit Gemüse, Fleisch und Gewürzen um, knallte danach einen Topf an die Wand und stand schließlich fast platzend vor Julias Retter aus der Normalität.
»Fassen Sie mich bloß nicht an«, entfuhr es ihm leise, aber drohend.
Es gibt sicher Momente, in denen das Denken aussetzt oder aber sich das Geschehen so schnell abspielt, dass das Denken nicht hinterher kommt. Womöglich bedarf es auch noch einer moralischen Wertung, die aber organisch und biochemisch bedingt erst Minuten später einsetzen kann. Jedenfalls ging alles sehr schnell. Der Mann versetzte Max einen Hieb mit dem Messer, wodurch Max einen ziemlich tiefen Schnitt in die Wange bekam. Liebe Carlotta, entschuldigen Sie deshalb meine Notlüge mit dem Hund, der sie ihm zugefügt haben soll.

Kurz und trocken schlug Max dem Mann eine Rechte an den Kopf. Er taumelte nach hinten, fing sich am Küchenschrank, um sich dann mit dem Messer voran auf Max zu stürzen. Sie fielen beide. Max stieß sich den Kopf an einem Schrank und war kurz benommen. Als er wieder zu sich kam, hörte er Julia schreien.
Der Typ lag auf seinem Oberkörper und alles fühlte sich nass an. Doch es war kein Wasser. Max konnte sehen, dass neben ihm Blut auf dem Boden war. Sehr viel Blut. Er schob den Mann von sich und erschrak. Irgendwie war es ihm gelungen, die Hand des Angreifers abzuwehren. Dabei drehte er das Messer zu ihm und während sie zu Boden stürzten, muss es ihn erwischt haben. Die Menge Blut sagte ihm sofort, dass sie niemanden mehr anrufen brauchten. Wenn der Mann nicht schon tot war, würde er in den nächsten Minuten sterben. Einen Arzt vor Ort oder auch nicht. Julia schrie, rannte durch die Wohnung und rief schließlich Polizei und Krankenwagen an. Max lehnte am Küchentisch neben der Leiche und sagte gar nichts.
Er sagte eine ganze Weile nichts. Auch nicht während der folgenden Wochen und Monate. Während der zähen Verhandlungen. Ein paar Indizien sprachen gegen einen Mord und es hätte eigentlich mit einem vergleichsweise milden Urteil auf Totschlag ausgehen müssen. Doch Max war wie gelähmt in dieser Zeit. Er hatte seine Frau verloren. Sein Restaurant musste er abgeben. Und er hatte einen Menschen getötet. Für ihn war es völlig gleichgültig, ob es mit oder ohne Vorsatz geschah. Der Mann war tot. Durch seine Schuld. Julias Leben war zerstört. Durch seine Schuld. Das Restaurant, sein Lebenstraum, war am Ende. Auch seine Schuld. Und, was Max damals noch nicht wusste, Julia hatte

ein Kind in ihrem Bauch. Max weiß nicht, ob es ein Junge oder Mädchen geworden ist. Er vermutet, dass das Baby seinen biologischen Vater verloren hat. Aber auch das weiß er nicht.

Schuld, liebe Carlotta, ist etwas, das man auch in hundert Jahren Gefangenschaft nicht los wird. Ich glaube, dass man Verbrecher, die krank und böse sind, hier wieder ein bisschen auf die richtige Fährte lockt. Vielleicht tut es ein paar Leuten ganz gut, Kinderspielsachen zu bauen. Doch wenn ich die Augen schließe, dann sehe ich diese Szene immer wieder vor mir. Ich gehe alle Möglichkeiten durch, wie es hätte anders laufen können. Ein Stau unterwegs vielleicht, ein anderer Zeitpunkt, mehr Beherrschung. Doch das Ergebnis ist immer wieder dasselbe. Ein Mensch lebt nicht mehr. Und das Leben eines anderen Menschen ist für immer zerstört.

Sie lesen doch so gern, Carlotta. Verstehen Sie vielleicht, warum »Schuld und Sühne« mein Lieblingsbuch geworden ist? Die neuere Übersetzung heißt »Verbrechen und Strafe«. Aus Sicht eines Betroffenen ist der alte Titel besser gewählt. Auch wenn es keine echte Sühne geben kann. Wie sollte die auch aussehen? Zumal ich hier völlig machtlos bin.

Ich will aber auf Ihre Worte zurück kommen, dass Sie keinen Kampf führen wollen, den Sie nicht gewinnen können. Sie brauchen nicht um mich zu kämpfen. Indem ich ein Herz gewonnen habe, ist mir klar geworden, dass ich kein schlechter Mensch bin. Obwohl ich früher nie daran gezweifelt hätte, hatte ich zwischendurch solche Gedanken. Das Töten eines Menschen verändert. Ich frage mich, wie die Millionen von Soldaten es in den Weltkriegen mental verarbeitet haben. Ich wäre nach dem ersten, durch mich

Gefallenen, ein Wrack geworden. Aber vielleicht waren es die Überlebenden letztendlich auch. Schweigende, menschliche Trümmer. Wissen Sie, Carlotta, wenn ich Ihnen das hier schreibe, frage ich mich, wie es Ihnen geht. Jemand versteht Sie, hört Ihnen zu und es entsteht so etwas wie Sympathie. Vielleicht sogar noch viel mehr. Und dieser Jemand sagt Ihnen, dass es ein »mehr« nie geben wird. Sie können es nicht glauben und fragen sich, was dem wohl entgegenstehen kann. Und nun muss ich Sie so enttäuschen!
Es ist also keine Gräfentonnaerin. Auch nicht die Angst vor einer erwachsenen Frau und einer reifen Beziehung. Es ist eines der modernsten Gefängnisse des Landes. Es sind die Mauern um mich herum. Und innerhalb dieser Mauern werde ich mich noch einige Jahre bewegen. Ich erwarte nicht, dass Sie dort draußen auf mich warten. Gerade Paradiesvögel sollten ausfliegen und die Freiheit genießen. Vielleicht können Sie mir weiter schreiben. Irgendwie. Ich warte auf Sie. Ich habe Zeit.
Max

von: carlotta-spatz@web.de
7. März, 23.58 Uhr
Re: Max
Lieber Max,
mir will keine andere Anrede einfallen, mir fällt gerade gar nichts mehr ein. Doch ergeben so viele Ihrer Sätze plötzlich einen sehr makaberen Sinn.
Mein Verstand sagt mir, ich sollte Ihnen einfach gar nicht mehr schreiben, jeder normale Mensch würde das tun! Doch sagen Sie das mal meinem Herzen! Dabei ist es gerade das, was mich noch viel wütender macht! Der Max, den ich zu kennen glaubte, gibt es den überhaupt? Ja klar, Sie werden immer der sein, als den ich Sie kennen gelernt habe. Und doch wieder auch nicht! War das Ihre vorträgliche Bitte um meine Absolution???
Wissen Sie, wie ich mir vorkomme? Wie diese fetten Amerikanerinnen, die Brieffreundschaften mit Häftlingen beginnen, sich verlieben und sie sogar heiraten! Aber warum tun sie das? Weil sie sonst einfach keinen abbekommen! Nur ich habe Sie mir auch noch freiwillig ausgesucht! Oder besser einfach behalten, als der Irrtum sich aufklärte!
Das war meine freie Entscheidung! Letztlich habe ich Sie sogar einem wirklich tollen Mann aus Fleisch und Blut vorgezogen! Ich komme mir so verraten und verkauft vor! Eine willkommene Abwechslung zum öden Knastalltag!! Eine dusslige Plaudertasche, die einen frischen Wind zu Ihnen hinter Ihre dicken Mauern trägt! Die absolut jede hätte sein können, Hauptsache jemand, der des Schreibens mächtig ist! Ich komme mir geradezu lächerlich vor, wenn ich beispielsweise daran denke, wie ich Ihnen dieses Gründerzeithaus angedichtet habe! Was von dem, was wir uns geschrie-

ben haben, ist unter diesen Umständen denn überhaupt noch wahr?? Und vor allem: wie kann ich denn je zweifelsfrei heraus finden, was mir das Wichtigste ist?? Hätten Sie mir unter anderen Umständen auch geschrieben? Wenn Sie ein ganz normaler Single-Mann wären, der nicht gerade irgendwo einsitzt? Wer bin ich für Sie, wenn ich niemals das Beste sein könnte, was Ihnen passieren konnte, sondern schlicht und ergreifend das Einzige, was Ihnen passiert ist?
Ein Urteil! Oh nein, diesen Gefallen werde ich Ihnen nicht tun! Ich werde nicht über Sie und das, was geschehen ist, urteilen. Das haben andere bereits getan! Ich bin wütend und zornige Tränen tropfen mir auf die Tastatur! Zum einen, weil etwas, das ich als so schön, so unsagbar schön, wertvoll und rein betrachtet habe, nicht nur vielleicht zerstört ist, sondern möglicherweise gar nicht existiert hat!
Ich sollte Ihnen aus reiner Boshaftigkeit Fotos schicken, auf dass Sie sich die Handgelenke ruinieren! Zum anderen, weil Sie zwar offenbar den Mut haben, mir einen Mord, oder wie immer Sie es nennen wollen, zu gestehen, aber auf der anderen Seite nicht auf den Punkt kommen! Warum, Max, warum sollte ich denn auf Sie warten, selbst wenn Sie das nicht erwarten können???
Carlotta

P.S.: Wagen Sie es ja nicht, mich auf diese nun ausstehende Antwort warten zu lassen! Sonst stehe ich schneller vor Ihrer dicken Mauer, als Sie denken können! Und machen Sie nicht den Fehler, mich dessen nicht fähig zu halten.

von: carlotta-spatz@web.de
8. März, 8.45 Uhr
Re: Max

Lieber Max,
ich habe nicht geschlafen in dieser Nacht. Ich weiß auch nicht, ob es jetzt klug ist, Ihnen das zu schreiben. Im Gegenteil, ich komme mir mehr denn je vor, wie diese fetten Amerikanerinnen. Seit Stunden denke ich nach, konnte dabei beobachten, wie die Schwärze der Nacht sich hob und erst einem diffusen Grau wich und schließlich zu einer hellen, harten Nichtfarbe wurde. Der Winter ist noch einmal zurück gekehrt. Welche Ironie! Was man aus Liebe tut, kann einen nicht entwürdigen, habe ich mal gelesen.Ich würde mir wünschen, dass das stimmt. Doch der Teil von mir, die Carlotta, die auf hohen Hacken zielstrebig durchs Leben stöckelt, verachtet mich dafür.
Sie findet mich nicht großherzig oder edelmütig, sondern einfach nur bescheuert. Es ist ja auch wahrlich grotesk. Carlotta Spatz, die es sich zur Aufgabe gemacht hat, aus den Kindern dieses Landes anständige Menschen zu machen, liebt einen Häftling. Max, ich schäme mich meiner harten Worte gestern. Ich wusste weder ein noch aus und die Wut musste heraus. Dennoch sollte ich es fürwahr besser können, auch wenn es letztlich genau die Fragen sind, die mich quälen. Und ich gebe zu, dass ich mir einige Niveaulosigkeiten hätte sparen können, schäme mich dafür, dass ich Sie mutwillig verletzen wollte. Aber, ach verdammt, ich will meinen Max wieder haben! Den Max, dem ich alles und jederzeit schreiben kann, der mich allein glücklich macht, wenn ich eine Mail mit »Lieber Max,« beginnen kann. Doch selbst das reichte mir ja nicht mehr… reicht wahrscheinlich

auch jetzt nicht...
Meinen Kindern bringe ich bei, dass man verzeihen können muss, dass nicht alles nur schwarz oder weiß ist, dass es eine Tugend ist, wenn man sich entschuldigen kann, dass jeder Mensch eine zweite Chance verdient hat. Doch jetzt bräuchte ich jemanden, der mir sagt, was richtig oder falsch ist. Hätte ich Ihre Zeilen mit fremden Augen gelesen, wie sehr hätte ich Ihnen einen Stau gewünscht!
Max, jetzt bin ich es, die mit der Situation überfordert ist. Komplett und hoffnungslos überfordert.
Nur dieses dumme kleine gestiefelte Herz beharrt eigensinnig auf sein Recht.
Schreiben Sie, Max! Schreiben Sie! Damit ich Sie und vielleicht am Ende auch mich selbst verstehen kann!
Ihre Carlotta

von: carlotta-spatz@web.de
9. März 22.03 Uhr
Schweigen
Lieber Max,
noch vor ein paar Tagen hätte ich Sie ganz unbeschwert fragen können, ob Sie mit Ihrem Schweigen meinen Besuch provozieren wollen... nun geht das nicht mehr... und dennoch... Sie fehlen mir!
Carlotta

von: m.tetten@gmx.de
9. März 23.46 Uhr
Re: Schweigen

Liebe Carlotta,
ich habe zunächst lange mit mir gerungen, ob ich Ihnen noch einmal schreibe. Was ich Ihnen schreibe. Eigentlich war mir wie aufhören. Ich dachte erst: Was kann ich denn für das Kopfkino einer Carlotta Spatz, irgendwo dort draußen in der Freiheit? Trägt sie nicht selbst die Verantwortung dafür, dass sie sich eine Figur geschaffen hat, die sie auch noch glaubt zu lieben? Zu lieben, wohlgemerkt, ohne sie je real mit allen Sinnen wahrgenommen zu haben! Kann ich etwas dafür? Kann ich etwas für Ihre Enttäuschung? Nein, eigentlich nicht. Das, was Sie aus der Sache gemacht haben, ist in der Tat Ihre ureigene Schöpfungsidee von Carlotta und Max.

Trotzdem kam ich mir mit diesen Gedanken schäbig vor. Ungerecht Ihnen gegenüber. Zwar glaube ich wirklich, dass ich für Ihre Gedankenwelt nichts kann. Und ich kann mir in etwa vorstellen, was in Ihrem Köpfchen los sein muss, wenn ich schon sehe, was Sie external kommunizieren. Allerdings ist es zweifelsohne so, dass all dies nicht passiert wäre, wenn es mich real nicht gäbe. Meine Existenz hat also unmittelbar mit der gedanklichen Vorstellung meinerseits in Ihrem Kopf zu tun. Also komme ich aus der Nummer nicht ganz einfach raus. Ich kann mich nicht aus Ihren Gedanken stehlen. Weder virtuell noch im richtigen Leben. Und von meinem Verlust will ich erst gar nicht reden.

Es waren letztlich aber nicht diese Gedanken, die mich dazu bewegt haben, Ihnen wieder (und immer wieder) zu schreiben. Sie haben etwas ganz anderes erreicht. Sie haben mich dazu bewegt, daran zu glauben, dass es einen Ausweg gibt! In Ihrer ersten Antwort haben Sie völlig außer Acht gelassen, dass es ein Unfall war! Schlicht und ergreifend ein Unfall! Habe ich wie ein eifersüchtiger Schurke dem neuen Freund Julias aufgewartet und ihn heimtückisch umgebracht? Nein! Er ging auf mich los und brachte mir diese wirklich unansehnliche Wunde in meinem Gesicht bei. Erst danach habe ich mich gewehrt. Und nicht zuletzt ging er mit dem Messer auf mich los. Das nur noch einmal zur Klarstellung.

Was mir wirklich wichtig war und immer noch ist: Es ist doch letztlich belanglos, ob es ein Gericht und irgendwelche hohen Herren gibt, die über Schuld urteilen oder nicht. Das, was dieser Moment in mir ausgelöst hat, wird nicht sühnbar sein. Ich fühle mich weder als Mörder, noch als Totschläger, aber auf mir lag eine Leiche, die durch mich zu einer wurde. Ich konnte das Blut spüren und die Schwere des leblosen Körpers. Wie ein Schleier legten sich dazu die Gefühle dieser Seele auf mich. So, als konnte ich spüren, was Julias Freund fühlte, als er starb. Das kann mir niemand nehmen. Das verfolgt mich in meinen Träumen. Und dabei ist es egal, ob man schuldig gesprochen wird oder nicht. Man ist schuldig. Das reicht. Verstehen Sie das nun etwas besser?

In den Wochen nach diesem Unfall war ich in einer allumfassenden Lethargie. Alles war mir egal. Mein inneres Gleichgewicht war zerstört. Meine Werte und alles, wofür ich stand, waren über den Haufen geworfen. Ich bekam einen Pflichtverteidiger, der noch lethargischer war als ich und womöglich hätte die gesamte Verhandlung ohne diese Schlaftablette und mit einem richtigen Anwalt (einem mit Biss wie in amerikanischen Spielfilmen) einen anderen Aus-

gang genommen. Kennen Sie noch Richard Fish aus der Serie Ally Mc Beal? Der hätte mich gerettet! Ich sitze hier letztlich doch als Totschläger (weshalb Sie nicht lebenslänglich auf mich warten müssten). Aber eigentlich habe ich aus Notwehr gehandelt.
Um es aber kurz zu machen: Sie, liebe Carlotta, haben mich aus meiner Starre befreit! Durch Sie habe ich den Glauben wiedergewonnen, dass ich das Verfahren noch einmal aufrollen kann! Vor allem aber: Dass ich beweisen kann, dass ich aus Notwehr gehandelt habe. Oder aber, dass es ein tragischer Unfall war. Jedenfalls habe ich zu keiner Zeit daran gedacht, einen anderen Menschen zu töten. Nicht zuletzt waren die letzten zwei Jahre hier Strafe genug. Und zu sehen, wie Sie leiden, erhöht das Strafmaß noch einmal. Ich werde wieder anfangen, Gesetze zu lesen und ich werde einen Weg finden, wie ich es schaffe!
Sicher kann ich Ihnen nicht versprechen, dass ich in kürzester Zeit hier raus komme. Aber ich verspreche Ihnen, dass ich alles in meiner Macht stehende tun werde, dass es vielleicht klappt. Womöglich sollte ein Muser in Freiheit leben, um der Liebsten zu den Höhenflügen zu verhelfen, die sie verdient hat.
Vielleicht verstehen Sie es jetzt noch weniger als vorher, aber ich danke Ihnen sehr. Und ich bin ganz nah bei Ihnen, so nah es meine vergitterten Fenster eben zulassen.
Ihr Max

von: carlotta-spatz@web.de
10. März, 13.41 Uhr
Max 1.5

Lieber Max,
wenn Sie die besagte Mail noch einmal lesen, dann werden Sie vielleicht feststellen, dass es keineswegs die Umstände, die Sie ins Gefängnis gebracht haben, waren, mit denen ich nicht umgehen konnte, sondern schlicht und ergreifend die Tatsache, dass Sie im Gefängnis sind und es mir bis dahin verschwiegen hatten.
Das stellte für mich natürlich alles bisher Gewesene infrage. Und tut es wohl noch immer.
Sorry Max, aber 2.0 sind Sie nicht.
Nein, im Moment verhalten Sie sich genau so, wie all die anderen Kerle auch. Sie können offenbar mit meinen Gefühlen nicht umgehen, oder vielmehr damit, dass ich keine Scheu habe, diese auszusprechen. Gut, okay.
Aber auf der anderen Seite eiern Sie herum wie ein Schuljunge, werfen mir Sätze hin, die ich tot interpretieren kann und am Ende trotzdem nicht weiß, wie es eigentlich in Ihnen aussieht. Ich fühle mich wahrlich nicht alt, aber ich bin definitiv zu alt für solche blöden Spielchen.
Meinen Sie etwa, dass meine Vorstellung mit den Worten »Und sie lebten glücklich bis ans Ende ihrer Tage« endet? Mitnichten! Soviel Realität besitze ich schon noch. Aber sie hat wenigstens soviel Phantasie, um die Möglichkeit dessen einzuräumen, gesetzt dem Fall man probiert sie aus. Einerseits schimpfen Sie es Kopfkino, andererseits wollen Sie durch mich plötzlich raus! Durch mich oder meinetwegen?
Ach Max, ich schwanke in diesen Tagen beständig zwischen Wut, von der ich nicht einmal sagen könnte, gegen wen oder

was sie sich richtet, und dem Wunsch mich in den wenigen Worten Ihrerseits, die ich zu meinen Gunsten auslegen könnte, einzuwickeln wie in eine warme Decke.
Gleichzeitig komme ich mir dumm und egoistisch vor, denn wenn Sie wirklich der Max sind, für den ich Sie bisher gehalten habe, dann sollte ich etwas anderes tun, als rosa Herzchen um ihren Namen zu malen.
Deswegen habe ich gestern Abend ein sehr langes Telefonat geführt. Womöglich denken Sie jetzt, dass es immer so ist. Wenn etwas nicht so läuft, wie Carlotta sich das denkt, dann rennt sie zu Papi. Im Grunde stimmt das sogar, aber nicht, damit er es richten soll, obschon er das zumeist sogar könnte. Nein, er zeigt mir Möglichkeiten auf, wie ich die jeweilige Situation selbst meistern kann.
Zum anderen ist es hierbei tatsächlich so, dass keiner einen besseren Rat für mich hätte, als er. Warum, darauf komme ich noch zurück.
Jedenfalls werde ich mich am Freitag gleich nach dem Unterricht ins Auto setzen und nach Hause fahren. Letztlich ist es doch so: Wenn Sie dessen, weswegen Sie verurteilt wurden unschuldig sind, dann sollten Sie frei sein. Nicht meinetwegen, sondern Ihretwegen. Fakt ist, Sie brauchen einen Spatz. Aber nicht mich. Sie brauchen Dr. Armin Spatz. Meinen Vater und Mentor! Ein Mann wie ein Buch und so hart wie Granit. Er hat nur eine Schwäche, oder besser drei. Ricarda, Graziella und Carlotta Spatz. Für uns würde er alles tun, hat es mein ganzes Leben lang getan und wird niemals damit aufhören.
Als ich eingeschult wurde, besorgte Papa mir rosa Lackschuhe aus dem Westen. Er erklärte mir die Unendlichkeit des Universums und warum dennoch jedes einzelne Leben

wichtig sei. Er ließ zu, dass ich als Kind diverse kleine Namensvettern, die aus ihren Nestern gefallen waren, aufpäppelte. Als ich mit vierzehn Jahren zum ersten Mal Liebeskummer hatte, schenkte er mir meine ersten Pumps und nur mit Mühe gelang es meiner Mutter ihn davon abzuhalten, diesen Jungen zu verprügeln, dessen Namen ich mittlerweile vergessen habe. Er meldete mich zur Fahrschule an, kaum dass ich siebzehn war. Wollte, dass ich unabhängig sein kann. Er unterstützte mich in allen Belangen, als ich ihm sagte, ich werde Lehrerin, paukte sich mit mir durch beide Staatsexamen. Er lehrte mich, dass Bücher zu den wunderbarsten Dingen auf dieser Welt gehören, lange bevor ich in die Schule kam. Er bestärkt mich in jeder Lebenslage und darin, dass ich alles erreichen könne, wenn ich nur fest genug daran glaube. Nein, er hat mir nie eine Kreditkarte ausgestellt, so einer ist er nicht. Aber er würde mir die Sterne vom Himmel holen, wenn ich es denn wünschte.

Und wenn ich nun sagen würde: »Papa, hol mir den Mann aus dem Knast, den ich liebe«, dann würde er auch das tun! Er könnte es tun, nicht weil er mich liebt, sondern weil er einer der besten Strafverteidiger des Landes ist.

Doch will ich Ihnen keineswegs die Verantwortung des vorletzten Satzes aufbürden. Erlauben Sie ihn mir, weil er so herrlich melodramatisch klingt.

Ich kann nicht ermessen, was in Ihnen vorgeht seit jenem Tag. Deswegen verzeihen Sie mir, wenn ich mich dazu bisher nicht geäußert habe. Ich habe es versucht, wollte es, aber es klang alles hohl, abgedroschen und klischeehaft. Ich kann nur eines: Für Sie da sein!

Wann immer Sie mich brauchen oder Ihnen der Sinn danach steht. Ich kann Ihre Vergangenheit nicht ändern, aber viel-

leicht ihre Zukunft. Deswegen erlaube ich mir, Ihnen meinen Vater zur Seite zu stellen. Nicht um der Zukunft willen, sondern wegen allem, was Sie mir bis hierhin gegeben haben. Und sollte es irgendwann als freier Mann Ihr Wunsch sein, mir gegenüber zu treten, dann tun Sie das. Aber nicht, weil ich die Tochter meines Vaters bin, sondern weil Sie es wollen um meiner Selbst Willen.
Wenn ich Ihnen nun meinen Vater schicke, Sie werden bald von ihm hören, vielleicht sogar schon morgen, haben Sie für eine Weile genug Spatz in Ihrem Leben. Mein Leben besteht seit zwei Monaten nur noch aus Arbeit und Max. Ich brauche Zeit, um mir über einige Dinge klar zu werden, Zeit, um zu reflektieren, Zeit um mein Leben weiter zu leben. Im Hier und Jetzt, in Lüneburg, das auf den Frühling wartet.
Nicht gleich Max, nicht gleich. Ein paar Tage haben wir noch. Und ich habe eine Bitte. Von der ich nicht weiß, wie Sie darauf reagieren werden. Ich könnte sogar verstehen, wenn Sie sie abweisen.
Max, ich möchte Sie sehen! Nur ein Mal! Darf ich Sie besuchen? Am Sonntag?
Ihre Carlotta

von: m.tetten@gmx.de
12. März, 0.25 Uhr
Re: Max 1.5

Liebe Carlotta,
auch auf die Gefahr hin, dass Sie mich wieder missverstehen. Noch einmal für mich zum Rekapitulieren. Ich sitze hier ein. Unschuldig nach meiner Überzeugung. Aber, wie auch immer, ich bin ja hier. Irgendwann entdecke ich auf dem Anstaltsrechner eine Mail von Ihnen. Postkoital erzürnt, aber irgendwie sympathisch. Ich schreibe Ihnen. Wir schreiben uns. Sie bleiben mir sympathisch, Sie aber flüstern meinen Namen beim Sex in fremde Ohren. Irgendwann einmal muss ich Ihnen doch gestehen, dass ich so schnell mal eben nicht bei Ihnen sein kann. Sie haben sich zwischenzeitlich in Ihre Vorstellung von Max verliebt. Zu dieser Vorstellung gehört eingeschränkte Reisefreiheit nicht. So weit, so gut. Würde jeder Außenstehende denken. Nun setzen Sie aber noch einen drauf, weil der Herr Papa, Retter in der Not, den lieben Max wieder zu den Guten holen kann. Liebe Carlotta, ich weiß nicht so recht, ob ich einfach nur sagen soll: Manchmal geht das Schicksal nun wirklich unglaubliche Wege und es ist womöglich doch kein Zufall, dass Ihre Mail zu Beginn gerade mich erreicht hat. Vielleicht sollte sie mich erreichen, mich wachrütteln und zurück ins Leben führen. Wer weiß das schon?
Auf der anderen Seite sagt der Zyniker in mir: Welcher Teufel hat sich eigentlich diese Schmonzette ausgedacht? Können Sie meine Gedanken nachvollziehen, ohne mir gleich wieder böse zu sein? Glauben Sie mir, ich will nicht den halben Punkt zu Max 2.0 zurück ergattern. Ich will im Grunde dasselbe wie Sie. Nämlich verstanden werden. Von Ihnen

fühle ich mich verstanden und wir haben eine wunderbare Form der Kommunikation. Doch mich schreckt immer noch Ihre Art, wie Sie diese Beziehung zu mir werten. Sie denken nur noch an mich, Sie glauben, dass Sie sich in mich verliebt hätten! Und wenn ich Ihnen dann sage, dass das einzig und allein Ihr Kopfkino ist, schelten Sie mich, obwohl ich offenkundig die Wahrheit sage! Wir haben uns nie gesehen, nie berührt, nie diesen magischen ersten Moment erfahren, bei dem die Biochemie und eine übersinnliche Macht über uns entscheiden. Wir wissen nicht, ob wir uns in des Wortes elementarster Bedeutung riechen können.
Doch ich sage Ihnen etwas, liebe Frau Spatz. Ich finde Sie sympathisch, vertraut und verrückt genug, dass ich ein erstes richtiges Date mit Ihnen haben möchte. Wenn man es unter den gegebenen Umständen so nennen darf. Es ist auch alles in die Wege geleitet und wir können uns am Sonntag um 15.00 Uhr bei mir treffen. Seien Sie unbesorgt. Weder kann ich Ihnen zu nahe kommen, noch werde ich Sie zu einem Kaffee auf mein Zimmer überreden wollen. Wir werden uns an einem sehr kargen Tisch gegenüber sitzen. Ich kann endlich herausfinden, ob ich Sie riechen kann. Sie werden wissen, ob sich Ihr Kopfkino mit der Realität deckt. Lassen Sie es uns gemeinsam herausfinden! Und bitte glauben Sie mir: Ich möchte das wirklich und nur wegen Ihnen. Selbst wenn Sie mir sagen würden, dass die Sache mit Ihrem Vater nur ein schlechter Scherz war und er eigentlich nur als Hausmeister im Landgericht arbeitet. Es wäre mir egal. Ich würde es sogar riskieren, Sie zu sehen, mich auch zu verlieben und danach noch eine lange Zeit hinter Gittern zu sitzen. Ich freue mich auf Sie! Seien Sie pünktlich und legen Sie etwas mehr Gefieder als sonst an. Sollten Sie sich gerade

mausern, ist es nicht der rechte Ort, um zum Muser zu schlendern. Um ihn herum streunen viele einsame Kater, denen ein Vöglein wie Sie gerade recht käme. Fliegen Sie also bitte dem großen, aber harmlosen, direkt ins Maul.
Bis Sonntag,
Ihr Max

von: carlotta-spatz@web.de
12. März, 13.32 Uhr
48 Stunden
Max, Max, Max, Sie machen mich wirklich wahnsinnig!
Mag ja sein, dass meine Vorstellung etwas unrealistisch ist. Dass ich unrealistisch bin.
Aber ich bin es gerne! Auf diese Weise hat wenigstens einer von uns beiden schon mal vorträglich für Romantik gesorgt, für den Fall, dass am Sonntag tatsächlich alle Sinne für ein Max und Carlotta stimmen.
Wir machen es nur umgekehrt zur sonst üblichen Vorgehensweise. Im Grunde wissen wir, dass es im Inneren funktionieren könnte, jetzt müssen wir bloß noch heraus finden, ob auch der Rest passt. Natürlich wünsche ich mir das, ich fände es sogar unerhört, wenn uns das Schicksal erst auf diesem Wege zusammen führt und dann womöglich am Sonntag hinter einer Ecke hervorspringt und ruft: »Ätsch, ausgetrickst!«
Insofern haben Sie wahrscheinlich Recht. Ich habe mir Gefühle gestattet, von denen ich nicht weiß, ob sie der Wirklichkeit stand halten. Aber so bin ich nun mal, Max.
Selbst wenn wir beide erkennen sollten, dass aus uns niemals ein Paar werden könnte, dann sind Sie mir dennoch das alles bis hier hin wert gewesen. Dann bleiben noch immer unsere

Worte. Und das ist eine Erfahrung, die ich niemals missen möchte, ganz gleich, was geschehen mag. Verstehen Sie mich? Sie sagen, ich habe Sie aus Ihrer Lethargie gerissen. Ist nicht schon allein das etwas, was uns beide um vieles reicher macht?

Was meinen Vater betrifft: er kommt zu Ihnen als Ihr Anwalt und nur als solcher. Oder glauben Sie etwa, er würde Sie am Kragen packen und Dinge sagen wie:

»Ich hole Sie hier raus, aber Gnade Ihnen Gott, wenn Sie meine Tochter enttäuschen!«???

Mitnichten. Darum war es mir ja auch wichtig, Sie ihm in die Hände zu legen, bevor wir einander begegnen. Ich möchte, dass Sie weiterhin an Ihre Unschuld glauben und um sich selbst kämpfen und nicht, dass Sie vielleicht heraus kommen, weil sich das Töchterlein eines einflussreichen Anwalts ein neues Spielzeug wünscht, das Papi ihr besorgt. Aber ich denke, das werden Sie alles bald selbst sehen. Soweit ich informiert bin, lernen Sie ihn morgen bereits kennen.

So, mein lieber Max, meine Taschen sind gepackt, mit viel zu viel Zeug für ein Wochenende, aber schließlich habe ich ein Date! Ich werde mich jetzt ins Auto setzen und nach Hause fahren. Ganz in Ihre Nähe... wenn ich nur daran denke, schlägt mir das Herz bis zum Hals...

Max, wie auch immer es weiter gehen mag, etwas wird sich verändern...

uns bleiben noch 48 Stunden in unserem kleinen Paralleluniversum. Vielleicht werden wir um eine Illusion ärmer sein, möglicherweise aber auch noch um einige reicher. Aber es wird sich verändern.

Wenn ich nun also heute abend in meinem Zimmer sitze, werden Sie dann online sein? Ich möchte so gern noch ein

wenig Ihre virtuelle Nähe genießen, bevor wir einander gegenüber treten. Heute abend? Ich werde das Notebook einschalten und das Fenster öffnen. Auf den Ruf des Fasanen warten.
Ihre Carlotta

von: m.tetten@gmx.de
12. März, 19.08 Uhr
Re: 48 Stunden
Liebe Carlotta,
Ihr Muser wird für Sie da sein. Zwitschern Sie mir einfach, dass Sie empfangsbereit sind. Dann melde ich mich und wir werden einmal schauen, wie sehr uns schon allein die geographische Nähe verändert. Auf jeden Fall bin ich auch schon aufgeregt. Habe sogar einen Besuch beim Anstaltsfriseur für morgen gebucht. Wenn es noch Pediküre und Maniküre gäbe, würde ich auch noch hingehen. Werden Sie neue Schuhe tragen? Müssen Sie aber nicht. Ich bin mir sicher, dass Ihr Gefieder strahlen wird.
Ich freue mich auf Sie.
Ihr Max

von: carlotta-spatz@web.de
12. März, 20.06 Uhr
Heute Abend
Lieber Max,
hier bin ich! Nicht mal geschafft von der langen Fahrt, nur aufgekratzt. Und wie! Sie lassen sich meinetwegen die Haare schneiden? Wie süß! Wie tragen Sie sie eigentlich für gewöhnlich? Ich werde morgen früh meiner Lieblingsfriseurin auch noch einen Besuch abstatten, in Lüneburg habe ich bisher noch keine gefunden, die sie ersetzen könnte. Danach werde ich mit meiner Schwester shoppen gehen. Das einzig probate Mittel gegen unermessliche Aufregung. Wobei ich nicht mal sicher bin, ob mir das jetzt noch helfen wird. Aber Sie haben natürlich Recht, neue Schuhe erscheinen mir nur angemessen für unser erstes Treffen. Ich stelle mir gerade

vor, dass ich sie aufheben werde, über viele viele Jahre...
Aber ich träume schon wieder...
Ist träumen heute Abend erlaubt, Max? Machen Sie mit?
Ihre Carlotta

von: m.tetten@gmx.de
Freitag, 12. März 21:08 Uhr
Re: Heute Abend
Liebe Carlotta,
träumen dürfen Sie natürlich. Bedenken Sie aber, dass unser erstes Treffen unter der Beobachtung eines adipösen Wärters mit Ringerstatur und dem Hirn eines Sonderschülers stattfinden wird. Nur für den Fall, dass Sie all zu romantisch werden sollten.
Max

von: carlotta-spatz@web.de
12. März, 21.10 Uhr
Re: Heute Abend
Max, Sie kann man einfach nicht aus der Reserve locken, oder?
Ich habe gefragt, ob Sie ein bisschen mit träumen! Stattdessen beschreiben Sie mir diesen missratenen Typen. Und hier in meinem Kinderzimmer mit Ihnen am Notebook kann ich so romantisch werden, wie ich will! Da fällt mir ein: warum sind wir eigentlich nie über das »Sie« hinaus gekommen? Eigentlich mag ich es ja, dieses heutzutage oft vernachlässigte »Sie«. In Ihrem Fall ist es mir wohl aber mittlerweile eher ein Ausdruck des Besonderen, anstelle der Distanz. Was meinen Sie, sollen wir damit warten, bis wir uns sehen oder nicht?

von: m.tetten@gmx.de
12. März 21.51 Uhr
Re: Heute Abend
Liebe Carlotta,
dieses »Sie« hat wirklich etwas von Wertschätzung und Achtung. Deshalb würde ich es gern, wenn SIE nichts dagegen haben, bis zu unserem Treffen beibehalten. Abgesehen davon können Sie natürlich nicht wissen, dass es in meiner Umgebung absolut schwer, wenn nicht unmöglich ist, romantisch zu werden.
Sind Sie eigentlich noch da?

von: carlotta-spatz@web.de
12. März, 21.54 Uhr
Re: Heute Abend
Natürlich bin ich noch da! Und jetzt habe ich auch gerade gelesen, dass SIE noch da sind. Wie schön! Und SIE tun es schon wieder! Womöglich holt uns die Realität ja doch ein und es wird nie einen romantischen Abend mit uns beiden geben...
Aber die Umgebung ist mir egal! Ich kann mir alles romantisieren, wenn ich einen entsprechenden Anlass habe.
Also sehe ich das nicht als Nachteil, sondern als ein Konzentrieren auf das Wesentliche. Auf Sie! Wie wird es sein? Man mag es bei meiner Abstammung kaum glauben, aber ich habe noch nie ein Gefängnis besucht. Wird der vorhin Beschriebene nur lethargisch in der Ecke sitzen, oder steht er bei uns und beobachtet jede Regung? Sind Berührungen erlaubt?

von: m.tetten@gmx.de
12. März, 22:01 Uhr
Re: Heute Abend
Liebe Carlotta,
Berührungen sind im vertretbaren Rahmen erlaubt. Sollten wir übereinander herfallen und uns die Klamotten vom Leib reißen, wird er mit Sicherheit einschreiten. Wobei ich mir da nicht sicher bin, weil ich noch nie Besuch hatte. Womöglich können wir uns später auch auf youtube oder youporn sehen. Die Gehälter der Vollzugsbeamten sind so üppig nicht. Ich selbst würde mich schon darüber freuen, wenn wir unsere virtuelle Sympathie in die Wirklichkeit übertragen. Und den Rest möchte ich einfach der gleichen Schicksalsgöttin überlassen, die uns schon bis hierher gebracht hat.

von: carlotta-spatz@web.de
12. März, 22.48 Uhr
Re: Heute Abend

Max, machen Sie das absichtlich? Mir hier schon beim Gedanken an die Umsetzung Ihres ersten Satzes Schauer über den Rücken zu jagen (und glauben Sie mir, der Wächter kommt darin nicht vor!)?

Und mich gleich darauf wieder zurück auf den Boden zu holen. Das ist ganz schön gemein! Ich habe beschlossen, ich glaube bis Sonntag daran, dass es durchaus genau so sein könnte, oder besser, dass zumindest das Bedürfnis dazu beidseitig da sein wird. Selbst wenn es nicht so sein sollte, hatte ich so wenigstens eine schöne Vorstellung davon und das kann ich nun mal besonders gut.

Aber, mein liebster Max, warum hatten Sie bisher noch niemals Besuch?

von: m.tetten@gmx.de
12. März, 22.55 Uhr
Re: Heute Abend
Das fragen Sie? Julia hatte nicht das Bedürfnis. Und für meine Familie ist es keine besondere Auszeichnung, einen Verwandten im Knast zu haben. Internetbekanntschaften habe ich nur eine. Und die kommt am Sonntag.

von: carlotta-spatz@web.de
12. März, 23.12 Uhr
Re: Heute Abend
Ja, das frage ich! Allerdings! Julia kann ich ja dabei noch verstehen. Aber Ihre Familie? Das ist gemein und nicht zu entschuldigen!
Max, das ist immer schwierig für mich. Situationsbedingt trample ich immer in irgendwelche Fettnäpfchen und weiß für den Moment einfach nicht, wie ich mich verhalten soll...
Eins ist jedenfalls klar: sollte ich mit meiner rosaroten Vorstellung Recht behalten, werde ich für diese Leute mit Sicherheit keinen Sonntagskuchen backen!

von: m.tetten@gmx.de
12. März, 23.15 Uhr
Re: Heute Abend

Das brauchen Sie auch nicht. Meine Mutter mochte Julia nicht und mein Vater hat meine Mutter schon vor vielen Jahren gegen eine Frau eingetauscht, die halb so alt war. Da ich ein Einzelkind bin, gäbe es auch keine so große Auswahl mehr an Besuchern. Aber Sie kommen ja. Das ist außergewöhnlich, erfreulich und schicksalsträchtig genug.

von: carlotta-spatz@web.de
12. März, 23.20 Uhr
Re: Heute Abend

Ja, das ist es fürwahr! Und wie!
Wäre ich wirklich ein Spatz als solcher, würde ich nicht bis Übermorgen warten, sondern gleich losfliegen, mich erst auf Ihr Fensterbrett setzen und dann, wenn Sie schlafen würde ich heimlich zu Ihnen hinein hüpfen, Ihr Gesicht berühren und schauen, wie sich das anfühlt...
Aber Moment, mein lieber Max! Einzelkind??? Ach ja? Wo ist denn der Bruder abgeblieben, den Sie mir verschachern wollten? Und wann haben Sie sonst noch geschwindelt???

von: m.tetten@gmx.de
12. März, 23.28 Uhr
Re: Heute Abend
Der zweite Sohn meines Vaters aus seiner neuen Beziehung ist biologisch mein Bruder. Mit ihm habe ich aber nichts zu tun. Ob er mir ähnlich sieht oder nicht; keine Ahnung. Dass Sie so schnell auf die Idee kommen, ich könnte Sie belügen, verwundert mich. Vielleicht stehe ich am Sonntag auch in der Pommesbude vor der JVA und verkaufe Ihnen eine Currywurst? Vielleicht bin ich gar kein Koch, sondern ein Imbissbudenbetreiber? Carlotta!!! Ist das die Aufregung oder Ihre überbordende Phantasie?

von: m.tetten@gmx.de
12. März, 23.46 Uhr
Re: Heute Abend
Stehen Sie schon an der Pommesbude oder sind Sie jetzt wirklich eingeschlafen?

von: carlotta-spatz@web.de
12. März, 23.47 Uhr
Re: Heute Abend
Vor der JVA steht eine Pommesbude?? Gibts da vielleicht auch Souvenirs für Sonntagsausflügler? Am Ende bin ich gar nicht Carlotta, sondern eine Wärterin, die scharf auf Sie ist? Ach Max, verzeihen Sie! Wenn sich meine Phantasie mit Aufregung paart, sollte man sich wohl noch mehr vor mir in Acht nehmen. Wo wir wieder bei der Phantasie wären:
Schon allein aufgrund unseres Größenunterschiedes kommen Sie dem Mann, vor dem ich mich vorsehen sollte, Sie wissen schon, der aus dem Wald, recht nahe. Das gefällt mir

irgendwie...
Sorry, ich sehe gerade auf die Uhr, hat etwas länger gedauert. Urgroßmama Carlotta schlich sich eben in mein Zimmer und wollte etwas über »den jungen Mann« wissen, wegen dem ich hier sei. Sie ist so niedlich, aber sollten Zweiundneunzigjährige um diese Uhrzeit nicht eigentlich schlafen?

von: carlotta-spatz@web.de
12. März, 23.52 Uhr
Re: Heute Abend
Ich weiß gar nicht, ob ich heute überhaupt einschlafen kann! Womöglich muss ich mir morgen tiefgekühlte Löffel ins Gesicht drücken, um die Augenringe zu vertreiben. Dabei hoffe ich, dass der Draht zwischen uns beiden am Sonntag nicht so lahm sein wird, wie es diese Internetverbindung offenbar ist. Ich hatte schon geschrieben. Aber das macht nix. Ich freue mich über jede neue Mail, wenn sie nur von Max ist...

von: m.tetten@gmx.de
12. März, 23.52 Uhr
Re: Heute Abend
Warum sollten Zweiundneunzigjährige um diese Uhrzeit schlafen? Und warum sollten Sie sich mit mir oder gerade wegen mir im Wald fürchten? Vielleicht bin ich doch lammfromm, gerade im Wald. Liebe Carlotta, vor mir müssen Sie sich in erster Linie im Mailverkehr fürchten. Und wie sicher Sie im Wald sind, werden wir sehen, wenn ich ihn wieder betreten darf.

von: carlotta-spatz@web.de
12. März, 23.56 Uhr
Re: Heute Abend
Oh bitte alles, aber nicht lammfromm! Das sind Sie nicht!
Vielleicht will ich mich ja fürchten...
nur ein bisschen...
schön fürchten eben...
gibt es eigentlich virtuelle Wälder?

von: m.tetten@gmx.de
13. März, 0.01 Uhr
Re: Heute Abend

Natürlich gibt es virtuelle Wälder!! Nur meist sieht man sie vor lauter virtuellen Bäumen nicht. Das ist virtuell betrachtet auch ganz normal.
Aber sagen Sie, Carlotta, Sie verstehen das Fürchten doch nicht als das Gegenteil von Geborgenheit, oder? Ich wäre sehr glücklich, wenn sich meine Partnerin bei mir geborgen fühlt. Fürchten kann sie sich immer noch. Vor meinem Gesicht am Morgen. Oder den Haaren auf meinem Rücken. Und auf meinen Zehen.

von: carlotta-spatz@web.de
13. März, 0.12 Uhr
Re: Heute Abend

Oje, wie soll ich das erklären? Lassen Sie uns doch einen Spaziergang durch den nächtlichen virtuellen Wald machen...
...und plötzlich packen Sie mein Handgelenk, vielleicht einen Tick fester, als es eigentlich nötig wäre, und drücken mich gegen einen Baum, später womöglich auch noch ins kühle Moos, Sie würden mir zwar nicht weh tun, aber ich könnte mich auch nicht wehren, was ich natürlich auch nicht wollte...
später dann würden Sie mich aber in Ihre mir viel zu große Jacke einwickeln und mich zum Auto tragen und schließlich bis ins warme Bett, weil das meine armen Füße auf ihren hohen Hacken nicht mehr schaffen. Ja, ich glaube, das beschreibt meine Vorstellung vom Fürchten, der Geborgenheit und männlicher Stärke recht gut zusammen. Verstehen

Sie, was ich sagen will?
Doch wenn wir von Haaren auf Ihrem Rücken sprechen…
von wie vielen Haaren sprechen wir da???

von: m.tetten@gmx.de
13. März, 0:17 Uhr
Re: Heute Abend
Bevor ich Ihnen die Anzahl der Haare auf meinem Rücken mitteile, sollte ich Ihnen vielleicht noch meine Moosallergie beichten, oder?
Machen Sie sich keine Sorgen, es ist alles noch ohne Machete zu bändigen und Ihre Vorstellung kann ich spielend in die Tat umsetzen. Aber bitte nur, wenn Sie mir genau jetzt nicht ausflippen. Und es mir nicht übel nehmen, wenn ich irgendwann einmal ins Bett will. Oder hat Ihr Kinderzimmer keine Uhr?

von: carlotta-spatz@web.de
13. März, 0.28 Uhr
Re: Heute Abend
Sehen Sie, jetzt haben wir doch noch ein bisschen gemeinsam geträumt...
Ausflippen ist übrigens etwas sehr Schönes! Sollten Sie bei Gelegenheit mal ausprobieren! Vielleicht mit mir... im Wald...
Nein, hier gibt es keine Uhr. Ich kann tickende Uhren nicht ausstehen. Das ist Oma Carlottas Schuld. Wenn ich früher bei ihr übernachtet habe, waren gleich drei Wecker mit mir in einem Raum, die eine unerträgliche Kakophonie getickt haben. Aber ich sollte ohnehin einmal zu ihr rüber huschen, sonst gibt es heute Nacht im Hause Spatz gleich zwei Frauen, die nicht schlafen können.
Schlafen Sie gut, mein Muser, mein Max... und träumen Sie schön... vielleicht von einem Spatz, der Ihre Wange streichelt...
Ich freue mich auf Sie! So sehr!
Ihre Carlotta

von: m.tetten@gmx.de
13. März, 0.31 Uhr
Re: Heute Abend
Schlaf gut, liebe Carlotta. Ich freue mich auf dich. Und ich werde von dir träumen. Beschützend und furchteinflößend zugleich. Ich übe schon mal das DU.
Klingt doch toll, finden Sie nicht?

von: carlotta-spatz@web.de
13. März, 0.40 Uhr
Re: Heute Abend
Wissen SIE was, mein lieber Max? Manchmal bin ich altmodisch, deshalb bevorzuge ich ein großgeschriebenes »Du«. Doch weißt Du was? Du hast Recht! Es klingt wunderbar! Schlafen werde ich heute Nacht sicher nicht viel, aber ich werde an Dich denken...
Ich muss mir Dich nicht halb so viel vorstellen, wie Du vielleicht glaubst... Du bist das alles selbst, Du bist Du, eigentlich bist Du ja Sie, aber in jedem Falle Max... und wenn es das Schicksal so will, irgendwann einmal MEIN Max... Gute Nacht!

von: carlotta-spatz@web.de
13. März, 14.47 Uhr
Nur noch 24 Stunden
Lieber Max,
und, was haben Sie nun geträumt? Ich finde es furchtbar, wie die Zeit dahin kriecht, wenn man etwas herbei sehnt. Heute Morgen war ich laufen, danach zwei Stunden beim Friseur und ist es gerade mal früher Nachmittag! Gleich nach dem Essen, wobei ich eigentlich keinen Hunger hatte, hat Papa sich auf den Weg zu Ihnen gemacht. Graziella hat Mathilda, meine dreijährige Nichte, bei unserer Mama gelassen und wir sind shoppen gefahren.
Wobei das so nicht ganz stimmt. Graziella hat für mich ihren Laden noch einmal aufgesperrt und ist fleißig dabei, mir das perfekt Outfit für morgen zusammen zu stellen; dazu haben wir eine Flasche Sekt geköpft. Sie hat zwar gerade ziemlich theatralisch die Augen verdreht, als ich Sie bat,

eben kurz ihren Rechner benutzen zu dürfen. Aber ich glaube, sie meint es nicht so. Schwestern eben.
Ich habe sie derweil ins Lager geschickt, um noch mehr Sachen zum Probieren zu holen. Das sollte sie eine Weile beschäftigen.
Wissen Sie noch, wie ich mein letztes Date vorbereitet habe? Und nun sind Sie es, den ich treffen werde. Max, ich bin ein einziges Nervenbündel!
Doch irgendwie ist es auch schön, dass ich Ihnen keine Coolness und Lässigkeit vortäuschen muss, die ich im Moment einfach nicht besitze. Ich freue mich so auf Sie! Mit jeder Minute mehr…
So, Graziella ist zurück, jedenfalls nehme ich das an. Ich sehe gerade nur einen riesigen Stapel Schuhkartons. Ich werde mal sehen, ob ich sie darunter finden kann.
Bald bin ich bei Ihnen.
Ihre Carlotta

von: carlotta-spatz@web.de
14. März, 13.17 Uhr
Countdown

Lieber Max,
in zwei Stunden ist es soweit! Sind Sie aufgeregt? Mir geht einer Ihrer Sätze nicht aus dem Kopf: Der magische Moment, in dem eine übersinnliche Macht über uns entscheidet. So in etwa war es doch, oder? Es ist ja eher selten, dass man derartige Momente ganz bewusst erlebt, ja ihnen sogar entgegen steuert. Wie wird es sein? Die große Erkenntnis oder Ernüchterung?
Ich habe den ganzen Morgen im Badezimmer verbracht, all das, was eine Frau vor einem Date tut, betrieben, als hinge mein Leben davon ab. Fünfmal Nagellack aufgetragen und wieder entfernt. Als ob die Farbe meiner Nägel einen derartigen Moment ernsthaft beeinflussen könnte! Lächerlich. Und trotzdem habe ich es getan. Durchscheinendes Weiß, schimmerndes Rosé, Transparent, Blutrot oder Violett? Welche Carlotta bin ich heute? Soll ich für Sie sein? Ich habe mich für die ureigenste entschieden. Oh Gott, was rede ich hier eigentlich?
Entschuldigen Sie, Max! Ich bin einfach zu aufgeregt. Und außerdem muss ich jetzt los. Ich habe gleich ein Date! Machs gut, mein geliebter virtueller Muser, es war eine wunderschöne Zeit mit Dir! Doch jetzt mache ich mich auf den Weg in die Wirklichkeit. Vors Schicksalsgericht.
In Liebe, Ihre Carlotta

von: carlotta-spatz@web.de
14. März, 14:45 Uhr
Die Stunde der Wahrheit
Lieber Max,
ich bin da... ich komme jetzt rein.
Carlotta

Mark Jischinski über Ophelia Hansen

Über Ophelia kann man nicht schreiben. Man muss sie erleben. Kein noch so elektrisierendes Kopfkino kann die Energie erzeugen, die Ophelia abfeuert. Wenn man diese Energie dann noch ins Verhältnis zur Größe des Reaktors setzt, ist es schon fraglich, woher diese zierliche Person ihren Strom zieht. Vielleicht gibt es eine Elektronenaufladung immer dann, wenn sie eines ihrer beeindruckenden Schuhkunstwerke anzieht. Oder der außergewöhnliche Schmuck ihres eigenen Ladens verleiht ihr übersinnliche Kräfte. Am Ende ist es aber am wahrscheinlichsten, dass sie einfach nur von ihren zwei Männern zu Hause gestärkt wird. Wie ich immer zu sagen pflege: Hinter jeder erfolgreichen Frau stehen mindestens ein starker Mann und vierzig paar Schuhe.

Ophelia Hansen über Mark Jischinski

Wenn man eine sachdienliche Email von Mark Jischinski, Jahrgang 1974, bekommt, dann kann es schon mal passieren, dass diese so schön klingt, wie ein Roman. Dabei schreibt er dann noch gar nicht, er will bloß was sagen. Es scheint, als verstehe er die Frauen, und das ganz ohne dabei sein Gesicht oder gar seine Männlichkeit zu verlieren. Wahrscheinlich lebt er gerade deshalb so glücklich mit drei weiblichen Geschöpfen zusammen, für die er sonntags gern auch mal Waffeln bäckt. Es heißt, der heute erfolgreiche Unternehmer und Coach sei früher einmal für eine Einrichtung tätig gewesen, die aktuell Millionen für CDs ausgibt um damit noch mehr Millionen einzunehmen, doch Genaueres weiß man nicht. Vielmehr glaube ich, dieses Gerücht hat er selbst in Umlauf gebracht. Mark ist verheiratet und wenn er nicht gerade auf Fortbildung ist oder sein Gedankengut einem Protagonisten leiht, lebt er in Gera.

Danksagung Mark

Ich danke meinen Musen Kathrin, Sophie und Helena für Vollendung und Sinn. Allen TestleserInnen danke ich für das hilfreiche Feedback. Susan, Daniel, Stefan, Sandra, Julia, Miriam und Christoph danke ich für die Hilfe beim Projekt. Und dir, liebe Ophelia, danke ich für die Inspiration, das sanfte Drängen und den Glauben an einen gemeinsamen Traum.

Danksagung Ophelia

Vor einiger Zeit suchte mich ein fremder Mann auf. Er kannte mich nicht, nur eine kleine Kurzgeschichte von mir. Er bat mich zu schreiben. Doch stattdessen las ich ein Buch des Fremden, das mich tief berührte. Und nur kurze Zeit später schrieben der Fremde und ich gemeinsam ein Buch. Ohne einander zu kennen und ohne zu wissen, was der jeweils andere mit seinem Protagonisten als nächstes plante. Lieber Mark, ich danke Dir von Herzen für diese grandiose Zusammenarbeit! Und auch nun, da ich Dich besser kennen und noch mehr schätzen gelernt habe: ich würde immer wieder mit Dir schreiben!

Des Weiteren danke ich

Anja, meiner Huchamme, die meine Hand hielt, bis das Baby da war.
Marko und Heidi, für Zeit und Raum :)
Dem netten Herrn vom Adakia-Verlag.
Christina, sowieso für alles, für die Namensproduktionen und dafür, dass Du mir immer geduldig zuhörst, egal wer ich gerade bin.
Meinen Apfelsinen Sandy, Christina, Irina, Anne, Mone, Gaby, Sanni, Julchen und Steffi für Beistand und konstruktive Kritik: Ihr seid toll!
Allen weiteren Testlesern: Swen, Doreen, Inge und Moni: vielen Dank für Euer Feedback.
Meiner Familie, besonders
Mama, sowieso für alles und für Deine vielen Emotionen beim Lesen.
Neo, einfach weil Du Du und dabei so wunderbar bist, der wichtigste Mensch in meinem Leben.
Und schließlich: René! Aus ganzem Herzen und immer wieder René!
Ohne Dich hätte Carlotta nicht lieben können.Wie auch?
Ohne Dich wüsste ich ja selbst nicht, was es ist, die große Liebe.